SV

Was ist noch übrig von alten Gewissheiten nach dem 7. Oktober, was hat Bestand im Strudel der Meinungen und Positionierungen? Unmittelbar nach dem Überfall der Hamas auf Israel beginnen Sasha Marianna Salzmann und Ofer Waldman eine Korrespondenz über eine erschütterte Welt. Ofer Waldman sitzt Shiva, geht auf Mahnwachen, hört auf die Klänge des Krieges. Sasha Marianna Salzmann sitzt am Mahnmal für die ermordeten Jüdinnen und Juden in Budapest, streitet sich in Wiener Kaffeehäusern und schaut dem Blaulicht der Polizeikonvois am Berliner Hermannplatz zu. Es entsteht ein Dialog, der immer mehr zum berührenden Dokument einer Freundschaft wird: Ich sehe dich, sagen diese Briefe, ich kann nichts tun, aber ich bin da.

Sasha Marianna Salzmann ist Dramatiker*in, Romanautor*in und Essayist*in. Salzmanns Theaterstücke sind in zahlreiche Sprachen übersetzt und werden international gespielt. Sowohl Salzmanns Debüt, *Außer sich* (2017), als auch der zweite Roman, *Im Menschen muss alles herrlich sein* (2021), waren für den Deutschen Buchpreis nominiert und sind mehrfach ausgezeichnet.

Ofer Waldman, geboren in Jerusalem, zog 1999 als Mitglied des von Daniel Barenboim und Edward Said gegründeten *West-Eastern Divan Orchestra* nach Berlin. Seit 2015 ist er als freier Autor und Journalist tätig. Sein literarisches Debüt, *Singularkollektiv. Erzählungen*, erschien 2023 im Wallstein Verlag. Er ist in mehreren zivilgesellschaftlichen NGOs aktiv und lebt in Israel und Deutschland.

Sasha Marianna Salzmann
Ofer Waldman

Gleichzeit

Briefe zwischen Israel und Europa

Suhrkamp

Klimaneutral
Druckprodukt
ClimatePartner.com/14438-2110-1001

Erste Auflage 2024
Originalausgabe

Umschlagfoto: Laura Nádvornik
Umschlaggestaltung: Nikolai Teplov
Druck und Bindung: Pustet, Regensburg
Printed in Germany
ISBN 978-3-518-43213-6

www.suhrkamp.de

Gleichzeit

Briefe zwischen Israel und Europa

Das Wichtigste ist, der Zeit standzuhalten:
Die Zeit wird Druck auf dich ausüben.
Aber der Sinn der ganzen Sache ist, dass die fremde
Zeit sich nicht mit der eigenen vermischt, die du
zu und in dir selber trägst.
Polina Barskova

Die Moral wird zum Hobby in einer Welt,
in der der Mensch entbehrlich ist.
Thomas Brasch

Eine Geschichte für Sasha am Vorabend des Krieges

Wenige Tage vor dem Krieg habe ich einen Freund besucht, einen Künstler, der manisch-depressiv ist und gerade – wie er selber sagte – durch die Nacht geht. Er hat sich selbst eingewiesen, in der Psychiatrie gab es aber noch keinen Platz, und so musste er die Nacht in der Notaufnahme des Krankenhauses verbringen. Er ist ein großer Mann, ein Deutscher, seine großen Füße in grauen, abgenutzten Socken schauten aus dem Bett, er versuchte, sich in die fahlblaue Wolldecke mit dem Emblem des Krankenhauses zu wickeln, er zog die Decke über seinen Kopf, offenbar sind die Decken hier für kleinere Menschen gemacht, für Nahostler, nicht für Teutonen, und so schauten seine Socken auch unter der Decke heraus.

Er habe Angst vor der Nacht im Krankenhaus, sagte er. Die Tür der Station knackte komisch, jedes Mal wenn sie geöffnet wurde. Eine alte Frau schrie alle drei Minuten – beinahe auf die Sekunde genau –, wobei ihre Schreie fast perfekt aufstiegen und wieder abebbten, es klang wie ein Alarm oder wie Gesang. Ich schlug meinem Freund vor, es als Künstler wahrzunehmen, um Abstand davon zu kriegen, er sagte nichts dazu.

Auf dem nächsten Bett, hinter einem Vorhang, lag ein junger Mann. Er rief immer wieder nach der Krankenschwester, laut auf Hebräisch, leise auf Russisch. Auch das habe ich versucht meinem Freund als Ablenkung anzubieten, laute Sprachen und leise Sprachen, auch dazu schwieg er. Also schwieg ich auch und schaute in den dunklen Flur, wo ein junger *Hassid*, ein Ultraorthodoxer, stand und schaukelnd betete. Er betete offenbar vor dem Bett eines älteren Rabbi, den konnte ich nicht sehen (nur seine mit einer Decke umhüllten Füße, die Decke war also rabbinerkonform, oder der Rabbi war deckenkonform). Der junge *Hassid* betete, hob seinen Kopf, berührte seinen Hut mit der Hand, ging ein wenig hin und her, unentschlossen, dann blieb er wieder stehen und betete weiter.

Ich werde hier die Nacht nicht überleben, wie soll ich hier schlafen, sagte mein Freund, und ich, da ich ihm die Kunst nicht als Lösung oder zumindest als Ablenkung verkaufen konnte, ging in den Drogeriemarkt des Krankenhauses, um ihm Ohrstöpsel zu kaufen. Der nette arabische Verkäufer sinnierte mit mir über die verschiedenen Ohrstöpsel im Sortiment. Die blauen fürs Schwimmen kamen nicht in Frage, auch die, die man für Schießübungen verwendet, waren nicht adäquat. Die guten, die ich aus Deutschland kenne, hatte er nicht, schließlich verständigten wir uns auf milchige Silikonstöpsel, in Watte gehüllt.

Ein Krankenhaus wirkt sonderbar in der Nacht, die Zeit fließt da anders, der Gang der Dinge, man kann sich auch schnell verlaufen. Zum Glück haben die klugen Menschen, die das Krankenhaus gebaut haben, farbige Streifen als Wegweiser auf dem Boden angebracht. Man muss nur den richtigen farbigen Streifen finden und ihn entlanglaufen – schnell fand ich jenen, der die Notaufnahme mit dem Ausgang verbindet, folgte ihm in entgegengesetzter Richtung, bis ich das Knacken der Tür und die melodischen Schreie hörte, dann die hebräischen Rufe, dann die russischen, dann das murmelnde Beten, dann fand ich meinen Freund. Er war von den Stöpseln nicht sehr beeindruckt, steckte sie aber artig in die Ohren, nahm die Pillen, die die Krankenschwester ihm reichte, und hüllte sich wieder in die zu kurze Decke. Wie soll ich ..., sagte er noch einmal, machte eine vage Geste mit der Hand und schwieg wieder. Es war schon nach Mitternacht, ich wusste, er musste endlich schlafen. Also legte ich mich neben ihn in sein Bett, sodass mein Kopf neben seinem war (meine Füße reichten bis hinter seine Kniekehlen), ich umarmte ihn und sang in seine israelischen Ohrstöpsel deutsche Wiegenlieder, Brahms, *La-Le-Lu*, bis er einschlief (vielleicht war es aber auch die Pille, das werde ich nie erfahren).

Als ich sicher war, dass mein Freund tief und fest schlief, löste ich mich vorsichtig von ihm, stand vorsichtig auf und schlich mich weg – der *Hassid* schlummerte auf einem Stuhl neben seinem Rabbi, der junge Mann murmelte Unverständliches aus dem Schlaf, nur die Tür und die alte Frau knackten und sangen weiter in ihrem Takt. Ich ging den farbigen Streifen entlang zum Ausgang, aber mir schien, als würde er sich unter meinen Füßen immer weiter erstrecken, bis unter mein Auto, längs der Straße, durch die Stadt, über die Landstraße, durch meine Haustür, durch das Wohnzimmer, bis an mein Bett, sich in meinen Schlaf hinein in alle Richtungen ausbreitend, endlos.

Sasha an Ofer — 15. Oktober 2023

An dem Freitag, an dem zum Dschihad aufgerufen wurde und jüdische Einrichtungen angegriffen werden sollten, spazierte ich in der Sonne die Donau entlang, war auf dem Weg zu den *Schuhen*, wie es in Budapest heißt – zu dem Mahnmal für die am Ufer des Flusses Erschossenen und ins Wasser Geworfenen, damals, 1944 –, als ein Freund aus Charkiw per Videocall anrief.

»Bist du okay?«

»Ja, klar, und du?«

»Ja, klar, und du?«

»Ja, sicher. Meine Frau steht gerade vor der Fraenkelufer-Synagoge in Berlin Mahnwache. Ein paar Freundinnen sind mit ihr dort. Bist du okay?«

»Ja, sicher. Die eine Hälfte meiner Familie ist hier, in der Ukraine. Die andere in Israel. Ich bin super okay.«

Wir wechselten Sätze, als wären wir Klangschalen, die aneinanderstoßen. Ich zeigte meinem Freund die Aussicht von Pest nach Buda, redete darüber, wie warm es immer noch war – Mitte Oktober, ich im Shirt. Ich hielt die Kamera auf mich, er sprach mich auf meinen Davidstern an, ob ich ihn auch jetzt weiter so offen tragen würde. Ich stand am Ufer zwischen zwei Brücken, schwitzte, fingerte an der Kette herum, bis ich zu singen anfing, mir fiel einfach nichts Besseres ein.

»Weißt du noch, du hast doch dieses Lied geschrieben, wie ging nochmal die Strophe?« Ich trällerte den Refrain, *Gypsy, Jewish and Gay*, das brachte ihn zum Lachen.

Die Schuhe am Ostufer der Donau sind aus Metall gegossen, gemacht für kleinere Füße, längliches, edles Schuhwerk, man muss sich akkurat angezogene Menschen vorstellen. In Kleidung, die vielleicht zum Flanieren gedacht war. Manche Schuhspitzen ragen über den Rand der Quaimauer, manche stehen noch auf der Promenade, zwischen ihnen abgebrannte Teelichter und abgerissene Blumenköpfe. Eine frische Nelke wand sich aus einem der Schuhe heraus. Eine Kinderzeichnung war halb unter den Absatz eines anderen Schuhs geklemmt, darauf der sechszackige Stern, Herzen mit Buntstift gemalt, das Wort *Israel.* Ich setzte mich auf einen Stein und sah statt der Nelke eine Wade aus dem Schuh wachsen. Aus allen Schuhen wuchsen jetzt vor meinen Augen Beine, in Nylonstrümpfen oder in Hosen mit Bügelfalte, ich sah die Hüften, Bäuche, Oberkörper, die herunterhängenden Arme. Ich sah die Ringe an den Fingern, die Uhren an den Handgelenken, die Muttermale auf den Handrücken, die Narben, die Falten. Nur die Gesichter dieser Menschen konnte ich nicht denken. Sie waren allesamt hellschimmernd, oval, blieben leer.

Ich saß auf dem Stein und wartete, bis mein ungarischer Übersetzer auftauchte. Er setzte sich zu mir, zeigte mit dem Finger auf das Mahnmal und sagte: »Das hätten meine Eltern sein sollen. Sie wurden abgeführt und waren schon auf dem Weg hierher. Dann gab es einen Luftalarm, und sie konnten fliehen. Zufall.« Er zog die Schultern hoch. »Zufall.« Da bekamen vor meinen Augen all die Menschen, die ich in den Metallschuhen imaginiert hatte, das Gesicht meines Übersetzers. Breite Stirn, schmale, gerade Nase, Bart. Die, die Röcke trugen, und die in Anzughosen, sie alle sahen jetzt aus wie László. Sie sahen aus wie László und wie du, Ofer, und wie ich.

Auf dem Weg zu meinem Vortrag im Soros-Center fragte ich meinen Übersetzer, wie es sich hier in Budapest mit dem Aufruf zum Dschihad verhielt. Gebe es einen Grund zur Sorge? Habe der Aufruf überhaupt eine Resonanz?

László winkte ab. »Die Ungarn brauchen keine Dschihadisten, um die Juden fertigzumachen. Das machen sie ganz allein. Die hören nicht auf den Ruf der Hamas.«

Wir überquerten die Straße, und ich sah, dass auch wir – so wie du im Krankenhaus bei deinem Freund – Orientierungslinien auf dem Boden folgten. Sie verliefen quer über die Tramschienen, über die vierspurige Allee, vorbei an dem Mahnmal, dem Vergnügungspark mit seinem Riesenrad, der Basilika. Auch als wir das Soros-Gebäude betraten, fanden sich diese Wegweiser auf dem Boden. Die Hallen und Korridore standen leer, die Cafeteria verkaufte noch Wasser und Kaffee, und nur in dem Raum, in dem ich auftreten sollte, saßen Studierende, drehten ihre Köpfe zu mir.

Nach meinem Vortrag folgte ich den Wegweisern auf die Dachterrasse, von der aus man auf Orbáns Palast blickt. Prunkvoller Bau, drum herum Baukräne. Ich ging die Treppen hinunter, folgte den Farbstreifen so lange, bis es dunkel wurde und ich das Piepen der Krankenhausmaschinen vernahm, dann ein Gebet auf Hebräisch und ein Murmeln auf Russisch, und jemand schrie, und etwas knackte im Takt. Ich stand am Bett deines Freundes und schaute ihn an. Ich konnte dich hinter ihm nicht ausmachen (du viel kleiner als er), aber ich erkannte den Freund – wusste genau, wer er ist – an den grauen, abgenutzten Socken. Ich ging um das Bett herum, sah jetzt euch beide, hörte dich ihm ein Lied ins Ohr singen. Ich legte mich hinter dich, drückte meine Hände auf deine Ohren und summte.

Eine weitere Person betrat den Raum, ich erkannte eine

Freundin, ich spürte ihr Gewicht auf der Matratze, als sie sich hinter mich legte. Ihre Hände waren kalt auf meinen Ohren, ich verstand nicht, was sie sang, aber spürte die Vibration ihrer Stimme in den Handflächen. Dann kam eine weitere Person in den Raum, die Matratze ächzte, die Federn gaben nach. Noch eine Freundin kam in den Raum und noch eine und noch eine und noch eine und noch eine. Eine hinter der anderen. Wir sind eine unendliche Kette. Wir singen, wir summen, wir rezitieren Gedichte, bis die Vordere endlich schlafen kann.

Ofer an Sasha — 22. Oktober 2023

Wo sind die Oliven geblieben, denke ich, während ich an der Baumreihe vorbeilaufe, die die Felder von einem der sanften Hügel trennt, die sich zwischen meinem Wohnort und dem Carmel-Berg erstrecken. Die Bäume hier gehören einem Freund, letztes Jahr waren sie schwer von Oliven, eine ganze Woche haben wir für ihre Ernte gebraucht und über eine Tonne von ihnen geholt, das Öl davon verwende ich heute noch. Und jetzt – eine, zwei einsame Früchte hängen an einem der Äste, sonst nichts. Haben sie ohne mich geerntet? Kann nicht sein, die Erntezeit ist jetzt, der Freund hat sich aber gleich wenige Tage nach Kriegsausbruch mit seiner Familie ins Ausland abgesetzt, die Bilder der Pogrome aus den Kibbuzim im Süden haben ihn in einen Schockzustand versetzt.

Ich bin zu weit gelaufen, merke ich plötzlich, eigentlich ist es verantwortungslos, was soll ich machen, falls es wieder Luftalarm gibt (ich weiß es genau: mich auf den Boden werfen, 10 Minuten mit beiden Händen über dem Kopf liegenbleiben. Das habe ich schon mal gemacht – anderer Krieg, gleiche Übung – und kann mich an den Klang erinnern, im einen Ohr das Rascheln zertretener Grashalme, im anderen die dumpfen Schläge der Luftabwehr). Als ich G. sagte, ich muss raus, ich kann die flimmernden Bildschirme nicht mehr sehen, die bleichen Gesichter, darunter das eigene im Spiegel, zog sie mich ins Nebenzimmer (die Kinder könnten ja ..., na klar) und sagte, das sei verantwortungslos. Ich wollte sie beruhigen und sagte, ich laufe ja an der antiken Nekropolis vorbei, die in den weichen Kalkstein unter unserem Ort gegraben wurde, um jüdischen

Gelehrten und sonstigen Würdenträgern eine letzte Ruhestätte zu sein. Ich springe einfach in eine der Höhlen rein, sagte ich. Die Idee, beim Alarm neben Rabbi Yehuda HaNasi, der die *Mishna* besiegelt hat, zu liegen, fand ich fast lustig.

Später werde ich erfahren, dass es dieses Jahr im ganzen Land keine Oliven gibt. Nicht in den Hainen Galiläas, nicht auf den Hügeln hinter der Küste, nicht auf den Bergen Jerusalems, Hebrons und Ramallahs, nicht entlang der langen Alleen die in die Wüste führen. Kein Öl fürs Kochen, kein Öl fürs Leuchten, kein Öl fürs Salben, als ob die Erde selbst eine Vorahnung davon hatte, was kommt.

Wieder zu Hause lese ich deinen Brief, Sasha, gehe mit dir und mit László die farbigen Streifen entlang durch Budapest. Durch die Stadt also, in der Alexander, der Vater meiner Mutter, geboren wurde. Aus der er auszog, noch bevor die Deutschen kamen, zu Fuß, über Bukarest, Sofia, Istanbul, Damaskus bis nach Haifa. Er war ein imposanter Mann, der Alexander. Ich spüre heute noch meine alte Furcht vor ihm, wenn ich an ihn denke, wie er in einem weißen Unterhemd auf seinem Balkon in Haifa saß, unkoschere Würste aß, die er sich aus den Läden der Christen besorgte, und Fernsehsendungen aus dem Libanon auf Englisch schaute. Mein Bruder, der meiner Mutter eine Zärtlichkeit erweisen wollte, gab seinem jüngeren Sohn den zweiten Namen Alexander. Nun sitzt Alexander der Zweite in einem Militärlager im Norden und hofft, nichts aus dem Libanon empfangen zu müssen.

In deinem Brief schreibst du, du stehst vor den *Schuhen*, dem Mahnmal am Ostufer der Donau »für die Erschossenen und ins Wasser Geworfenen«. Zuerst fehlte mir etwas am Ende deines Satzes, wie die fehlenden Gesichter der Figuren, die vor deinen Augen entstehen. Dann aber, so schreibst du, bekommen sie Gesichter, von dir, von László, auch von Alexander dem Großen und Alexander dem Bangenden, von mir. Ich lese deinen Brief, du schreibst meinen Namen. Du schreibst meinen Namen in Budapest am Mahnmal für die Erschossenen und ins Wasser Geworfenen, ich schreibe das Wort Pogrome in Israel. Mein Atem stockt, ich spüre, wie die Erde kippt, ich rutsche den farbigen Zeitstreifen zurück, versuche, mich in der Erde festzukrallen (zertretenes Gras, Schläge in der Luft), Haifa Damaskus Istanbul Sofia Bukarest Budapest, das Israelische droht von mir abzublättern, wie aufgeplatzte Farbe, die das Jüdische unter sich preisgibt, mit Gedanken an Pässe und Sprachen. Ich rutsche weiter, du schreibst meinen Namen in Budapest, und die Zeit verklebt sich, Vergangenheit und Gegenwart. Die Zukunft, in die wir schauen, wird zum Spiegel. Ein Trost, immerhin: Ich sehe dich darin.

Sasha an Ofer — 1. November 2023

Das Licht floss warm, wie durch die dünne Schale einer Orange, auf die noch grüne Wiese in der Hasenheide. Junge Menschen im Schneidersitz, ich hörte ihre Bierflaschen gegeneinanderstoßen. Ich hörte ihr Lachen, als ich an ihnen vorbeilief auf dem Weg ins Jüdische Museum. Eine Freundin hatte ein paar Leute zusammengerufen. Ich war dagegen, dass wir uns im Jüdischen Museum treffen, das weißt du. Nicht weil ich den Ort nicht liebe (ich liebe ihn sehr), sondern weil ich das Gefühl hatte, damit sind wir genau dort, wo uns die anderen sehen wollen. Im Museum. Unsere Kultur und unser Leben: ein Relikt. Darum hätte ich die anderen lieber in einer Kneipe oder einem Club getroffen, aber ich ging natürlich trotzdem hin und freute mich darauf, sie zu sehen.

Einer der Freunde kam zu spät. Er stolperte verschwitzt und blass in das Restaurant des Museums, stieß gegen ein paar Stühle, erklärte uns, er habe sich ein paar Blocks entfernt absetzen lassen. Er bringe es gerade nicht über sich, das Ziel »Jüdisches Museum« in die Uber-App einzugeben. Das habe er einfach nicht geschafft, und so musste er nun ganz schön weit laufen. Ich hätte gleich von zu Hause aus zu Fuß gehen können, meinte der Freund, und ein anderer stimmte ein: Er nenne seinen Nachnamen nicht mehr am Telefon. Vor allem nicht in der Bahn, nicht laut, und den leicht lesbaren Schmuck habe er auch abgenommen.

Was geht hier vor? Was geht hier gerade verloren?

Ich beobachtete uns alle an diesem Tisch, unsere Gesichter, die Schatten darin.

Der Freund, der der Uber-App nicht mehr traut, sprach

in Spiralen – brach mitten im Wort ab, setzte immer wieder neu an, starrte vor sich hin, kratzte sich die Handrücken. Als habe die Erzählung seines Lebens am 7. Oktober einen Riss bekommen, als sei das, was er gerade erlebt, nicht mehr integrierbar in *ein* Leben, als käme er nicht mehr heran an das, was er eigentlich habe sagen wollen, an den heißen Kern. Er erzählte von seinen Großeltern, wie sie sich versteckt und so überlebt hatten, *damals*, dann berichtete er über ein Theaterstück, das er vorige Woche gesehen hatte. Dann sprach er übers Essen, und dann weinte er.

Wir haben den Tag des Terrors nicht verlassen. Ich würde gerne Shiva für unsere Toten sitzen, aber dafür ist es noch zu früh. *Der 7. Oktober, er dauert noch an* – das sind deine Worte, Ofer.

Warum fühlt ihr euch so allein?, höre ich jetzt oft. Es gibt doch all diese Solidaritätsbekundungen, der Bundespräsident, der Kanzler, alle haben gesagt, was zu sagen war. Reiche das nicht? Reicht euch das nicht?

Wie erklärt man dieses Erbe? Vermutlich gar nicht. Es ist nicht vermittelbar. Erfahrungen sind nicht teilbar. Man hat sie, oder man hat sie nicht.

Für manche sind Hakenkreuze, nach den Massakern am 7. Oktober eingeritzt in die Betonstelen des Holocaust-Mahnmals in Berlin, einfach nur eine Meldung. Sie sehen die Bilder von Davidsternen, frisch an Türen geschmiert, hinter denen man jüdische Menschen vermutet, wischen die Bilder weg, springen auf ihr Rad, gehen zum Yoga, holen danach die Kinder von der Kita ab, beantworten rasch noch ein paar E-Mails, bevor sie sich an den Herd stellen und für alle im Haus einen großen Topf Kürbissuppe kochen. Dann verkleiden sie sich und ihre Kinder als Skelette, Metzger und Vampire, klingeln an den Türen, und die Kinder schreien: »Süßes oder Saures!« Und ich gebe ihnen frische Rugelach, die eine Freundin gerade von *Russ & Daughters* aus New York mitgebracht hat.

Das muss so sein. Genau so muss das sein. Irgendwie müssen wir uns aus der toten Ecke bewegen. Irgendwann wird das wieder möglich sein. Ein Morgen denken. Die Olivenernte für das nächste Jahr schon vor dem inneren Auge, den Geschmack des Öls, das aus dieser Ernte gewonnen werden wird, auf der Zunge. Das Licht der Öllampen sehen. Das Öl auf der Haut deiner Kinder riechen, Ofer.

Es überrascht mich, wie oft ich jetzt Jüd*innen sagen höre, Israel sei diese eine sichere Option für die Zukunft gewesen. Sollte es hier, in Europa, einmal nicht mehr gehen, gehe man nach Israel, das habe immer festgestanden. Das war für viele hier, mit oder ohne Bezug zu der Region, eine Selbstverständlichkeit. Und nun hat sich diese Option mit einem Mal zerschlagen. Und damit Zukunft an sich – weg.

Ich hatte das nicht, nie. Weder das Land, aus dem ich komme (Russland), noch das Land meiner Vorfahren (Ukraine) noch das Land, das mir versprach, mein gelobtes zu sein (Israel), noch das andere gelobte Land (USA) waren eine Option für mich. Es hatte mich einfach nicht interessiert, ein Land zu haben.

Gestern rief mich eine Freundin an, sie ist Künstlerin, Kurdin, Alevitin, und sagte: Ich wollte dich nur wissen lassen – ich sehe, was gerade passiert. Ich stelle mich vor dich. Blöderweise bist du doppelt so groß wie ich, aber das macht nichts. Ich frage Mehmet, er kommt auch und stellt sich auch vor dich, und ich klettere auf seine Schultern. Wir stellen uns alle vor euch. Nichts kann dir passieren, nichts.

Und ich dachte: Das ist es eigentlich. Ich habe ein Morgen. Wir alle haben ein Morgen, Ofer, und meine Zukunft, mein Eretz Israel, seid ihr.

16. November 2023

(Ofer holt sich ein Bier. Sasha trinkt Rotwein. Sie haben eine Neshama-Kerze angezündet – Ofer im Norden Israels, Sasha im Osten Österreichs.)

Sasha an Ofer, 22:22

Wien würdest du lieben, vielleicht mehr als Berlin.

Ofer an Sasha, 22:22

Ich kann mir ohnehin gerade nicht vorstellen, nach Berlin zu kommen.

Sasha an Ofer, 22:23

Das verstehe ich. Irgendwann vielleicht wieder.

Ofer an Sasha, 22:24

Wenn ich es mir überlege, wenn ich also meine Augen zumache und versuche, mir vorzustellen, wie es wäre, jetzt in Berlin anzukommen, stelle ich mir Ruinen vor.

Sasha an Ofer, 22:24

Im Freundeskreis? Oder meinst du die Schmierereien an den Türen?

Ofer an Sasha, 22:25

Als ob der Berliner Himmel, der immer so hoch über der Stadt hing, auf einmal nach unten abgesackt wäre und nun das dumpfe, erstickende Gefühl einer Kellerwohnung erzeugt. Eng.

Ofer an Sasha, 22:25

Ich dachte bei einigen Menschen, dass sie einen Kompass hätten, der ihnen die Richtung zeigt. Aber es war kein Kompass, sondern nur das Bild von einem Kompass. Theorie. Eine Zeichnung auf einer Zeichnung einer Welt. Und in dem Moment, in dem die Welt mit ihrer Zeichnung nicht übereinstimmt, zerreißen sie lieber die Welt als ihre Zeichnung.

Ofer an Sasha, 22:26
Man glaubt immer, der Krieg frisst die Menschen nur da, wo er stattfindet, aber er frisst sie alle, die ihn spüren (auch mich).

Ofer an Sasha, 22:27
Wie ist es für dich? (Ich denke an deinen letzten Brief.)

Sasha an Ofer, 22:28
Die Freund*innen, die ich hatte, habe ich immer noch. Ihr Kompass funktioniert. Aber die anderen gibt es natürlich auch. Ich kenne Menschen, die ein großes Herz haben und ein großes Hirn, aber die Verbindung dazwischen hat eine Art Funkstörung.

Sasha an Ofer, 22:29
Aber das ist dann so. Mit Menschen, die sich lieber in einer Zeichnung von Welt bewegen, als es in der Welt selbst auszuhalten, lässt sich gerade nicht gut zusammensitzen. Im Zweifelsfall trinke ich lieber ohne sie. Speaking of which: Wie war Shabbes?

Ofer an Sasha, 22:30
Meine Familie traf sich bei meiner Schwester. Ich bin allein zu ihr gefahren, es gibt dort jetzt häufiger Luftalarm, das wollte ich den Kindern möglichst ersparen, vor allem auf dem Weg. Da muss man ja aus dem Auto springen und sich auf den Boden legen.

Sasha an Ofer, 22:31
Bist du ohne Alarm durchgekommen?

Ofer an Sasha, 22:32
Ich habe unterwegs endlich die 4. Brahms gehört (und mitgesungen und geschrien), dachte die ganze Zeit, wenn jetzt der Luftalarm kommt, werde ich ihn nicht hören trotz des geöffneten Fensters. Ich habe auch die Zivilschutz-App

nicht (mein Handy denkt, ich sei in Deutschland, und akzeptiert keine Raketen), und so sang ich Brahms' Horn-Partien, während ich danach Ausschau hielt, ob die anderen Autofahrer*innen plötzlich stehen bleiben, aus den Autos springen und sich auf den Boden werfen. Taten sie nicht.

Am Abend dann dumpfe Schläge, Raketenabschüsse über Tel Aviv, mein Handy blieb stumm (wir sind ja in Neukölln, na klar). Das Essen war herrlich, mein Bruder redete und redete, redete ununterbrochen, sodass ich ihn nicht fragen konnte, wie es seinen Söhnen geht. Ein enger Freund seines ältesten Sohnes wurde auf der Nova-Party ermordet, ein anderer Freund wurde entführt. Der jüngere Sohn sitzt nun wieder an der Grenze zum Gazastreifen und schiebt Wachdienste.) Dann, kurz vorm Abschied, merkte ich, dass sich meine Nichte in eine Ecke verkriecht und weint. Wieso weint sie, fragte ich meine Schwester, die ebenfalls zu weinen anfing und sagte: Ein guter Freund. Die Nachricht kam gerade eben. Zwei andere sind schwer verwundet. Er ist der Sechste bereits.

Hier stehen wir also in einer Reihe: Mein Vater, der 67 und 73 gekämpft hat; mein Bruder und mein Schwager: Libanon, 2. Intifada; und meine Nichte, diese Generation, die gerade vor unseren Augen nach Luft ringt. Mein Bruder fragte meinen Vater: Was macht man damit? Du kannst dich doch erinnern, an damals, 73, da habt ihr auch links und rechts Freunde verloren, was macht man da? (Im Hintergrund das Weinen meiner Nichte.) Mein Vater, so kenne ich ihn nicht, senkte den Blick und blieb stumm. Die Zeit (DAMALS) flatterte kurz über sein Gesicht. Ich stehe nicht in dieser Reihe, wie könnte ich auch, ich bin Musiker, habe nie gekämpft. Auf dem Rückweg hörte ich deine Voice-Message, keinen Brahms mehr.

Sasha an Ofer, 22:36

Und deine Mutter, was sagt sie?

Ofer an Sasha, 22:36

Ich glaube, sie hat ihre ganze Angst für ihren Mann und ihren Sohn aufgebraucht. Um mich brauchte sie keine Angst zu haben (Musiker halt). Und nun hat sie zwei Enkelkinder, Jungs, in der Armee, und die Nichte läuft von einer Beerdigung zur nächsten. Ich habe meine Mama angeschaut, sie war nicht darauf vorbereitet, auch um diese Generation Angst haben zu müssen.

Sasha an Ofer, 22:40

D. sagt manchmal: Man darf von Menschen nicht erwarten, dass sie Helden sind. In meinen Ohren klingt es wie: Man darf Menschen nicht in Situationen bringen, in denen sie Helden sein müssen, um Menschen zu bleiben. Das alles fühlt sich wie eine furchtbare Falle an. Wer weiß, wer da noch als Mensch wieder herauskommt. Wer überhaupt noch da sein wird.

Ofer an Sasha, 22:42

Ich schaue die jungen Menschen hier an, die Generation meiner Nichte, und denke, das jetzt wird ihr Moment sein, der in allen Momenten fortleben wird, ihr DAMALS. Die endlose Kette von Beerdigungen und Shivas, die Löcher, die im Freundeskreis klaffen. Wie viele von ihnen werden ins Ausland gehen, wie viele werden religiös? Wie damals, nach 73. Was werden sie machen, wenn der Krieg vorbei ist? Wohin mit der Wut, mit der Trauer? Das ist eine Kraft, der man nur zuschauen kann, die man nicht bändigen kann und vielleicht auch nicht soll. Hoffentlich wird sie die Regierung wegfegen.

Sasha an Ofer, 22:43
Glaubst du das? Meinst du, das ist möglich?
Ofer an Sasha, 22:43
Möglich, ja. Man merkt auch, diese hohle, verlogene Regierung hat Angst davor. Vor der Wut einer Generation, in der jede und jeder eine*n Freund*in verloren hat (mindestens eine*n). Dieser Wut wird die Regierung hoffentlich nicht standhalten. Und nicht nur sie. Wir werden alles neu denken. Alles. Alles, was uns jetzt als Gewissheit erscheint, werden wir auf Wahrheit abklopfen. Daran halte ich mich fest.
Sasha an Ofer, 22:44
Kennst du Leute, die in Gaza leben oder gelebt haben?
Ofer an Sasha, 22:45
Ich habe in Berlin einige Menschen aus Gaza kennengelernt, aber ich habe jetzt zu niemandem dort direkten Kontakt. Ich höre aber Berichte, Geschichten, von israelisch-palästinensischen Freund*innen, auch von Freund*innen aus Deutschland, die Menschen dort kennen. Du?
Sasha an Ofer, 22:45
Nicht viele. Ein paar. Ich sehe in ihren Gesichtern die Trauer und den Schock, die komplette Lähmung.
Sasha an Ofer, 22:46
Es gibt die echten israelischen Geiseln der Hamas in Gaza, ganz unmetaphorisch. Und dann gibt es uns alle, Jüd*innen, Palästinenser*innen, Israelis, Araber*innen, die auf ihre sehr unterschiedliche Art in Geiselhaft genommen werden. Von den Regierungen, von der Hamas, von den Communitys, von den Demagogen. Als würden andere über unser aller Leid verfügen. Sie machen Politik damit, während wir versuchen, Menschen zu bleiben.

Ofer an Sasha, 22:48

Weißt du, die erste große Veranstaltung, die ich seit Kriegsbeginn besucht habe, war in einem arabischen Gemeindezentrum in Haifa, eine Notversammlung einer jüdisch-arabischen Organisation. Ich bin nicht hingegangen, weil ich das Bedürfnis hatte, irgendwelche großen Reden zu hören. Ich wollte einfach mit anderen Menschen weinen, ohne flatternde Fahnen. Das war alles. Ich bin ins Auto gestiegen, mit diesem Klumpen im Hals, aber ich wusste, gleich wird's besser. Und so war es auch. Arabische Jungs haben mir den Weg zum Eingang gezeigt, haben verlegen gemurmelt, ich habe verlegen gemurmelt, »danke«. Hätte ich mehr zu sagen versucht, hätte ich losgeweint, und ich wollte sie nicht noch mehr in Verlegenheit bringen. Ich stellte mich an die Wand im hinteren Teil des Saals. Eine Rednerin, palästinensische Israelin aus dem Norden, sprach über ihre Mutter. Ihre Stimme brach, das hat uns allen, den Rote-Augen-Verwandten, das Zeichen gegeben. Danach fuhr ich einfach nach Hause. Kann ich das auch in Berlin? Weiß ich nicht.

Sasha an Ofer, 22:53

Das kannst du nicht. Gerade nicht. Aber ich kann dir sagen, was – zumindest für mich – möglich ist. Wir sind hier wirklich weit davon entfernt, Shiva zu sitzen, wonach mir seit Wochen so schmerzhaft ist, dass ich auf den Boden fallen und mich nicht mehr bewegen möchte, aber ich laufe herum wie aufgedreht, wie unter Strom, natürlich tue ich das, so wie wir alle. Wir funktionieren, weil wir funktionieren, weil wir funktionieren, weil wir funktionieren, weil wir funktionieren.

Sasha an Ofer, 22:54

Aber meine Realität in Berlin ist auch: Jeden Tag, wirklich

jeden, mindestens fünf Anrufe von Leuten, die an mich denken, oder jemand kommt vorbei (das ist fast wie bei einer Shiva), oder jemand sucht mich in der Stadt und sagt: Was machst du? Wo bist du? Komm mit, komm her, die Heizkohle auf der Shisha ist heiß. Oder: Du isst jetzt diese Suppe auf, hörst du mich, die ist vielleicht nicht so gut wie deine Linsensuppe, aber ich bewege mich nicht vom Fleck, bevor du nicht aufgegessen hast. Oder sie backen mir einen Notfall-Kuchen. Und wir sitzen leichenblass voreinander. Aber wir sitzen zusammen. Über all diese Freund*innen werde ich irgendwann Gedichte schreiben.

Ofer an Sasha, 23:01

Die Freund*innen habe ich auch: Ich bin aber zu weit weg für eine Suppe, also schickt man sich gegenseitig die eigene Wortlosigkeit zu. Man schweigt – wie du sagst – leichenblass zusammen. Aber das ist ein Schweigen, das zählt.

Sasha an Ofer, 23:03

Es gibt Schweigen und Schweigen. Das Schweigen der Freund*innen und das Schweigen der Welt. Ich schwöre dir, was hätte ich darum gegeben, dass die Welt mehr geschwiegen hätte nach dem 7. Oktober. Ich hätte alles drum gegeben – habt doch nicht sofort Meinungen. Positionen. Was für Positionen denn angesichts ...

Ofer an Sasha, 23:04

Kommst du irgendwann nach Jerusalem? Ich würde dir gerne Jerusalem zeigen. Die Zwischenräume.

Sasha an Ofer, 23:04

Du hast mal zu mir gesagt, Jerusalem ist nicht Teil des Problems, sondern ein Teil der Lösung. Klar komme ich.

Ofer an Sasha, 23:05

Ja. Aber jetzt erstmal Wien.

Sasha an Ofer, 23:06
Jetzt erstmal Wien.
Ich gehe morgen in die Mosergasse für dich. Ich schicke dir ein Foto von dem Haus, in dem deine Großeltern gelebt haben. Würdest du das mögen?

Ofer an Sasha — 18. November 2023

Samstag, früher Nachmittag, von draußen dringt das weiche Licht ins Haus, das den herannahenden Regen ankündigt. Die Kinder rieseln barfuß ins Wohnzimmer herunter, nehmen sich ein Buch, spielen mit dem Hund, schneiden sich ein Stück von der Challah ab, die vom Shabbat-Abendessen übrig geblieben ist, setzen sich an den Tisch und kauen langsam vor sich hin, gedankenverloren. Ich bin in ein Buch vertieft, im Hintergrund läuft Musik (Bach, *Goldberg-Variationen*). Irgendwann fragt N., können wir was anderes hören, ihr Bruder pflichtet ihr bei, ja Aba, lass uns was anderes hören. Ich murre zuerst, Bach ist doch die perfekte Shabbes-Musik, aber (wie Yona Wallach sagte) die Kinder wollen, und sie kindern ja. Ich suche nach Musik, die es mit dieser Zeit aufnehmen kann, spiele dann den Soundtrack von *Hair*. *Aquarius*, *Donna*, *Black Boys*, *Good Morning Sunshine*. N. will wieder protestieren, schielt zu mir herüber, bemerkt meinen beschlagenen Blick und lässt es sein. Ich lege das Buch zur Seite, merke, ich habe eine neue Nachricht von dir bekommen, Sasha. Darin steht, dass du in einem Wiener Kaffeehaus sitzt und eines der Interviews hörst, die ich seit Kriegsausbruch deutschen Sendern gegeben habe. Um dich herum, so versuche ich es mir vorzustellen, das Klirren von Gläsern, das weiche Wienerisch, das Rücken von Stühlen, eine zischende Kaffeemaschine, vorbeifahrende Autos, vielleicht gar ein Klavier. In deinen Ohren: die Frage der Moderatorin, wie ist gerade Ihr Alltag in Israel, Herr W., wie macht sich der Krieg bemerkbar?

Durch Klänge, möchte ich ihr sagen, macht sich der Krieg bemerkbar, vor allen anderen Dingen. Vor den Bildern und den Gesprächen und den Gedanken, durch Klänge, die alles andere durchdringen, Bach und *Aquarius* und barfuß rieselnde Kinder. Durch die fernen, dumpfen Schläge der Luftabwehr im Norden und Westen, als ob jemand riesige Zementsäcke auf den Boden wirft (das habe ich mal irgendwo gelesen, dieses Klangbild) oder als ob man im Corpus einer großen Trommel lebt, auf deren über den Himmel gezogene Haut weiche, gigantische Schläge niedergehen. Durch das Donnern der Kampfjets, deren Wellen von Crescendo-Diminuendo die Tage und Nächte durchziehen. Zuerst erreichen sie die Ohren, dann den Bauch, dann scheint die Luft, die ganze Welt, nur aus diesem Donnern zu bestehen, bevor es wieder verschwindet. Durch die Motorräder, die in der Nacht ihre Runden drehen, die beim Beschleunigen einen Klang produzieren, der jenem eines Luftalarms ähnelt. Und so, mit jedem Drehen am Gasgriff, lassen sie die Menschen ihre Muskeln anspannen, die Augen aufreißen, lassen ihnen die Ohren spitz werden. Sowieso: Das Ohr sucht die ganze Zeit. Wie jemand, der auf dem Trödelmarkt einen Haufen alltäglicher Gegenstände nach etwas Bestimmtem durchwühlt, sucht das Ohr inmitten all der Alltagsklänge (Kinder Autos Küche schleudernde Waschmaschine Radio Regen Kampfjets Musik Klospülung) nach dem weichen, bleiernen Klang der Sirene. (Kann man sagen: Das Ohr hält Aushör, Aufhorch, wie Ausschau, nur viel innerlicher, auch im Schlaf, auch wenn jemand sich zu dir legt, die Hände auf deine Ohren drückt und leise summt?)

Walking in Space verklingt gerade, es folgt das Lied *Easy to Be Hard*: »How can people be so heartless? / How can people be so cruel? / Easy to be hard, Easy to be cold / How can people have no feelings / How can they ignore their friends / Easy to be proud / Easy to say no.« Ich habe den Film *Hair* als Jugendlicher in Dauerschleife gesehen, als ich gerade anfing, in der israelischen Friedensbewegung aktiv zu werden. 1992, 1993, die Zeit der Osloer Friedensverträge. Ölzweige in Jericho und jüdisch-arabische Begegnungen in Beit Jala. Die Filmsequenzen mit Massendemonstrationen vor dem Weißen Haus, mit *Let the Sun Shine* singenden Hippies vermischten sich in meiner Vorstellungswelt mit unseren Massendemonstrationen auf dem Malkej-Israel-Platz (der nach dem Attentat in Rabin-Platz umbenannt wurde). Aber dieses eine Lied habe ich damals eben nicht verstehen können. Wie kann man den herrlichen Filmhelden Zeilen entgegenschleudern wie: »Especially people who care about strangers / Who care about evil and social injustice / Do you only care about the bleeding crowd / How about a needy friend / I need a friend.«

Jetzt denke ich allerdings: Wie weise war der Mensch, der mit diesem Lied vor einer gewaltvollen Selbstherrlichkeit warnen wollte. Vor der Gefahr, durch das selbstvergewissernde Gerede über die Menschheit den Menschen nicht mehr sehen zu können.

Denn der Krieg, dieser Krieg, macht sich nicht nur durch die Welt des Klanges bemerkbar (ob in Israel oder Gaza: Klang, der zu Eisen und Staub wird oder zu werden droht). Sondern auch durch Schweigen. Nicht das Schweigen, das die (wenigen, kaum möglichen) Worte von Freund*innen umgibt, aus den Ritzen zwischen ihnen quillt und eine geschriebene, verbindende Wortlosigkeit herstellt und wahrnehmbar macht. Nein, es ist ein Schweigen, das die Klangschale des Krieges in die Hand nimmt (so hast du uns doch genannt, Sasha: Klangschalen), sie einordnet, beurteilt und fallen lässt. Alle Klänge des Krieges rinnen dann aus der zersprungenen Schale, gehen verloren im Rauschen vorgefertigter politischer Meinungen, integritätslose Relikte einer Welt, die bis zum 7. Oktober existierte. Übrig bleibt der giftige Geschmack des Metalls auf der Zunge und die blutscharfen Kanten der zersprungenen Schale. Es ist ein Schweigen, das die zerronnenen Klänge des Krieges mit einem knöchernen Finger wie Schlieren auf dem Boden zieht, mit dem Staub vermischt und mit dieser so hergestellten Tinte Worte schreibt, die mir nicht verständlich sind.

Doch, so viel weiß ich: Sie sprechen von Gewalt.

Sasha an Ofer — 20. November 2023

Ja, Wien, Ofer. Wie wunderbar Wien ist. Wie wien Wien ist. Wie herausgeputzt, all diese sauberen Straßen, und alles funktioniert, sogar der öffentliche Nahverkehr, und die Post liefert die Pakete an die richtige Adresse, und auch noch in kürzester Zeit ... Verrückt. Die Weihnachtsmärkte mit ihrem Glühwein- und Punschgeruch meide ich, aber wenn ich nachts zwischen den geschlossenen Buden umherstreife, habe ich die Fantasie, dass sich sogar die Ratten ihre Beute hier manierlich aufteilen und dabei Pirouetten drehen.

Kaum war ich hier angekommen, rief ich meine Familie in Hannover an und schwärmte am Telefon: Diese Kaffeehäuser (genau so, wie du sie beschreibst, in manchen steht tatsächlich ein Klavier, irgendwer spielt darauf am Abend), die auf hölzerne Halter gespannten Zeitungen, die blasierten Kellner, das Burgtheater mit seinen 6-Euro-Tickets für Horváths *Geschichten aus dem Wiener Wald*, das Leopold Museum, auf das ich von meinem Studiofenster aus schaue, an jeder Ecke ein Kino, der Geruch der gebratenen Maroni in der Mariahilfer Straße. Ich erzählte, wie glücklich ich war, hier zu sein, dass ich mich hier von Berlin erhole, und irgendwann unterbrach mich mein Großvater: »Hat es bei euch in Wien nicht auch einen Anschlag gegeben?«

»Anschlag? Nein. Der Jüdische Friedhof wurde mit Hakenkreuzen beschmiert, wenn du das meinst. Und es wurde etwas angezündet. Aber ich würde das nicht Anschlag nennen.«

»Wie würdest du es dann nennen?«

»Nein, Danja, da haben irgendwelche Idioten noch

nicht einmal gewusst, wie rum man das Hakenkreuz malt. Nennst du das einen Anschlag? Das ist eine Blamage. Die haben es falsch herum hingeschmiert. Und Hitler konnten sie auch nicht ordentlich schreiben.«

Mein Großvater lachte: »Haben Sie Hitler mit D geschrieben?«

»Ja, so ungefähr.«

Und so fand ich mich plötzlich in einem längeren Gespräch mit meinem bald neunzigjährigen Großvater wieder – der den Zweiten Weltkrieg nur überlebt hat, weil er sich als Kind vor der in der Ukraine wütenden Wehrmacht im Wald versteckte und giftige Beeren von essbaren unterscheiden konnte –, in dem ich versuchte, Danja davon zu überzeugen, dass die Schändung des Jüdischen Friedhofs in Wien nicht bedrohlich sei. Ich spielte den Schaden in der Zeremonienhalle herunter. Ich erwähnte nicht die für immer verlorenen wertvollen Bücher im ausgebrannten Raum, den zerstörten Thoraschrein. Auch redete ich nicht über das Foto des Wiener Rabbiners, der die falsch herum auf die Mauer geschmierten Hakenkreuze übermalt. Der Rabbiner trägt eine blaue Kippa mit goldenem Rand auf dem Hinterkopf, er streckt den rechten Arm mit der in weiße Farbe getränkten Walze weit von sich und rollt damit über die orangen Achsen des Hasssymbols. Fast einen ganzen Vormittag habe ich auf dieses Bild gestarrt. Und über Wien nachgedacht. Wie gut es mir hier gefällt. Weil ich einfach keine Ahnung von dieser Stadt habe.

Ich war immer wütend auf diejenigen, die davon redeten, auszuwandern. Nicht nur jüdische Menschen natürlich. Spätestens seit dem Auffliegen des NSU redeten ja viele in meinem Freundeskreis davon, dass wir die Koffer packen sollen. Gründe gäbe es genug. Und ich war wütend, weil ich dachte, die Frage nach dem »Wohin gehen?« ist wie die Frage nach der Zukunft (»Was soll nur werden?«) – sie ist nutzlos. Sie ist eine Übersprungshandlung, um sich nicht die eigentliche Frage zu stellen, nämlich, was wir mit dieser Gegenwart machen.

Am Abend lief ich durch den Zweiten Bezirk, vorbei an *Shalom Food*, vorbei an der koscheren Bäckerei *Ohel*, über die *Mazzesinsel*, wie man hier so sagt, unterwegs zu Freund*innen, die mich, anlässlich meiner Ankunft in Wien, zu einem Abendessen eingeladen hatten. Ich fragte nach der Stimmung in der Stadt. Die Freundin, die neben mir saß, erzählte, dass sie und andere aus der Gemeinde jetzt Wachdienste machten. Sie stünden vor der jüdischen Schule, vor *Ohel*, sie drehten Runden in den Straßen des Karmeliterviertels (Zentrum des jüdischen Lebens in Wien, wie es in allen möglichen Reiseführern heißt). Jeden Tag. Erst da fiel mir auf, wie blass sie war.

»Und, gab es Vorfälle?«, fragte ich.

»Nicht in den Straßen, aber in unserem Haus.« Die Freundin holte ihr Telefon heraus. In dem Video, das sie mir zeigte, gehen zwei Männer, die in dem Haus offensichtlich fremd sind, von Tür zu Tür. Sobald sie eine Mesusa am Türrahmen entdecken, fotografieren sie diese mit ihren Handys und schreiben sich dann den Namen auf, der auf der Klingel steht. Die Freundin packte ihr Telefon weg. »Das hat die Überwachungskamera in unserem Stiegenhaus aufgezeichnet.« Dann sagte sie nicht mehr viel an diesem Abend.

Die Schlusspointe eines meiner Lieblingswitze geht so: »Und, weißt du, wo es gut ist?« »Ja, natürlich: Dort, wo wir nicht sind.« Ich werde mir Wien also weiterhin schönreden, Ofer, von Kaffeehaus zu Kaffeehaus laufen, mit Freund*innen im Prater spazieren und in die *Geschichten aus dem Wiener Wald* gehen. Gestern saß ich in der Theaterkantine des Schauspielhauses, eine Frau mit schimmernden Wangen setzte sich zu mir. Sie sagte: »Weißt du, wo es gut ist? In Island. Sie haben dort eine Elfenbeauftragte, und es gibt sogar ein Feenministerium.« Ihre Wangen schimmerten grün-silbrig, sie strahlte. Und da dachte ich: Vielleicht sollten wir dorthin. Ich stelle mir das schön vor: grüne Polarlichterschlieren in der absoluten Dunkelheit, man kann sich alles wünschen. Weil Gras verboten ist, rauchen wir nicht, sondern lecken an den Flügeln der Elfen, die wir mit bloßen Händen aus der Luft fangen (oder vielleicht setzen sie sich auch freiwillig auf unsere Schulter? Vielleicht gibt es sogar Lieferdienste für Feenstaub?) – und fantasieren uns ganz kurz weg, bis wir uns wieder die eigentliche Frage stellen: Diese Gegenwart ist unsere. Was machen wir nun? Was machen wir damit?

Ofer an Sasha — 26. November 2023

Du-dum.

Feuerpause. Der graue Himmel ist ruhig, die Luft herbstlich kühl, feucht, der Blick verliert sich in ihr, wenn man versucht, in die Ferne zu schauen, weit. In meinem Garten drücken sich erste Blätter von Alpenveilchen aus der Erde heraus, die Kronblätter der Blutorange sind bereits abgefallen, an der Stelle, wo sie bis vor wenigen Tagen waren, schauen nun kleine, mattgrüne Bällchen hervor, sie wirken hart, dicht. Vor dem Ende des Winters sollten sie zu Früchten werden.

Du-dum.

Seit einigen Tagen stehen die Bilder und Namen der am 7. Oktober von der Hamas Entführten und im Gazastreifen noch immer als Geiseln Festgehaltenen auf unserem Blog, Sasha. Nun werden im Rahmen der Feuerpause kleine Gruppen von ihnen freigelassen, gegen palästinensische Gefangene ausgetauscht. Zum Teil wurden ja ganze Familien entführt – Familie Engel, Familie Or, Familie Bibas, Familie Shoham: Zu den Gruppen der Freigelassenen sollen also neben älteren Frauen auch die entführten Kinder mit ihren Müttern gehören (aber ohne die Väter. Ohne die Väter). In den Medien sieht man ihre Silhouetten in den weißen Jeeps des Roten Kreuzes, man versucht, diese mit den inzwischen landesweit bekannten Gesichtern zu vergleichen. Wer ist diesmal dabei, wer nicht. Erst wenn das Rote Kreuz sie über die Grenze nach Ägypten gebracht und an die israelischen Kräfte übergeben hat, kann man überprüfen, ob die Freigelassenen auch der Liste entsprechen, die am Vorabend vereinbart wurde.

Du-dum.

Wir wollen heute einen kleinen Ausflug machen, seit Kriegsausbruch haben wir uns kaum aus dem Ort getraut, um nicht auf offener Straße vom Luftalarm überrascht zu werden. Nun ist eine neue Gruppe von Geiseln unterwegs zum Grenzübergang, damit ist die Feuerpause mindestens für einen weiteren Tag gesichert. Sie fahren also in den weißen Jeeps des Roten Kreuzes durch den Gazastreifen, wir fahren mit unserem zerbeulten Auto durch Galiläa. In einem der weißen Jeeps, so habe ich gehört, soll heute auch Adi Shoham mit ihren Kindern Nave (acht) und Yahel (dreieinhalb) sitzen. Ich stehe seit Kriegsausbruch in Kontakt mit ihren Angehörigen, nun hoffe ich, ihre Namen endlich von der Liste auf unserem Blog nehmen zu können.

Du-dum.

Wir fahren auf den Berg Tabor, etwa eine Dreiviertelstunde mit dem Auto von uns entfernt, hinter Nazareth. Die Landschaft wirkt frisch, vielleicht ist es wegen der feuchten Herbstluft und der vereinzelten Regenschauer der vergangenen Woche, auf die lange gewartet wurde. Der Tabor ist eine rundliche Erhebung, die einsam aus der Ebene im östlichen Galiläa ragt, von Feldern umgeben. Die Straße auf die Bergspitze führt durch einige Beduinendörfer, sie ist von Plakaten gesäumt, fast alle auf Arabisch, die für Getränke, Versicherungen, Gartenzubehör werben. Wir lassen bald die Dörfer hinter uns, kurven langsam die engen Serpentinen hoch, die Kinder beschweren sich, gleich sind wir da, sage ich.

Du-dum.

Seit Inkrafttreten der Feuerpause besteht meine erste Aufgabe am Morgen darin, die Namen der in der Nacht zuvor Freigelassenen von unserer Blogseite zu entfernen. Ich kontrolliere die Liste, die vom Militär veröffentlicht wurde, vergleiche sie zur Sicherheit mit den Namen, die in den Medien stehen, suche diese nochmal auf unserer Seite und gebe sie zum Löschen frei. Ich verwende dabei die Suchfunktion des Programms, suche nach dem Nachnamen und dann, zur Sicherheit, nochmal nach dem vollen Namen, bis das Programm »keine weiteren Treffer« meldet, von einem Klangsignal begleitet:

Du-dum.

Wir lassen das Auto auf dem halbvollen Parkplatz eines großen Klosters stehen – nach christlicher Überlieferung fand hier die Verklärung Jesu statt – und biegen auf den schmalen, markierten Pfad ein, der die Bergspitze mit dem dort imposant thronenden Kloster umrundet. Die Erde riecht nach Herbst, die Olivenbäume, die Tabor-Eichen sind herbstlich grün, die kleinen Blüten der Zeitlosen (die auf Hebräisch »Sitvanit« heißen, also »Des Herbstes«) und des Gold-Krokus verkünden ebenfalls, dass der Sommer nun vorbei ist. Der Ausblick verliert sich in der feuchten, diffus grauen Luft, die in die Kleider zieht und uns frösteln lässt. Wir beschleunigen unsere Schritte, um uns aufzuwärmen, und stoßen bald auf eine Gruppe älterer Menschen, die etwas gemächlicher gehen.

Du-dum.

Die Kinder schlängeln sich durch, mischen sich in die Gruppe vor uns, G. und ich müssen jedoch warten, bis der Pfad wieder breiter wird, um sie einzuholen. Ich höre, dass die Menschen in der Gruppe vom Krieg reden, von den Geiseln. »... verwundet ...«, »... Feuer ...«, »... Shiva ...«, »... Panzer ...«, »... Familien auseinandergerissen ...«. In meinem Hals steigt ein kalter Klumpen hoch, ich möchte nicht, dass die Kinder etwas von den Gesprächen mitbekommen. Ich versuche, die Menschen zu überholen, um die Kinder zu erreichen, beginne ein wenig zu drängeln, mir schlagen böse Blicke entgegen. Ich rufe nach den Kindern, wo sind sie, sie sind ein Stück weit vor mir, zwischen den fremden Menschen, die über den Krieg reden, ich werde laut, wartet da, wo ihr seid, wir kommen, ich schicke meine Hände nach vorne, schiebe und ziehe, bahne mir einen Weg durch die Gruppe, sehe dann, die Kinder haben sich auf einen umgefallenen Baumstamm am Rand gesetzt, um auf uns zu warten. Ich fuchtele hilflos mit den Händen, eine ältere Dame schickt mir noch einen verstörten Blick hinterher, ich schaue in die Ferne, kann aber nichts erkennen.

Du-dum.

Am nächsten Morgen kontrolliere ich unsere Blogseite, Sasha. Ich suche im Netz die Liste der gestern Nacht freigelassenen Geiseln, öffne sie.

Du-dum.

Nave und Yahel Shoham wurden zusammen mit ihrer Mutter Adi und ihrem Vater Tal am 7. Oktober entführt.

Du-dum.

Ich suche auf der Liste der Freigelassenen nach dem Namen »Shoham« und finde:

Shoham, Adi.

Shoham, Nave.

Shoham, Yahel.

Du-dum.

Ich suche nach:

Shoham, Tal.

Du-dum.

Du-dum.

Sasha an Ofer – 5. Dezember 2023

Ich merke, wie er schon den ganzen Tag die Luft anhält. Er spricht kaum, irgendetwas pumpt in ihm. Doch manchmal sind Menschen einfach nur müde, sie sind traurig und wütend, sage ich mir, und es hat nichts mit mir zu tun. Auf Nachfragen reagiert mein Freund kurzangebunden. Ich versuche es anders: Wo er Kaffee trinken will? Ob er einen Glühwein möchte, hier, im Schneeregen? Sollen wir spazieren gehen, sollen wir ins Museum?

Am späten Abend eines mühseligen Tages sitzen wir am Fenster eines meiner Lieblingskaffeehäuser, es schließt bald, aber wir kriegen sogar noch etwas zu essen. Draußen fallen dicke Flocken, die Leute gehen im Dunkeln, unsicher, rutschen, verziehen die Münder. Wir haben doch noch ein Thema gefunden: die Religionen (ihre Sinnlosigkeit, ihre Sinnhaftigkeit; ich trage meinem Freund das Gedicht von Jehuda Amichai über das uns allen fehlende Erbarmen vor, das du mir gezeigt hast, Ofer: »Wär nicht Gott voller Erbarmen, / so gäbe es Erbarmen in der Welt, nicht nur in ihm.« Mein Freund sagt, ich solle lieber Texte auswendig lernen, die weniger verzweifelt klingen), und dann, plötzlich, als würde ein Stromschlag durch seinen Körper fahren, fragt er: Was denkst du zu Palästina und Israel?

Ich schaue ihn an. Was kann er meinen? Was ich denke, ist klar. Ich schreibe darüber, ich spreche darüber, organisiere Veranstaltungen, er kennt mich lange. Das ist also nicht seine eigentliche Frage. Aber was ist sie dann?

Ich frage, ob er sicher sei, dieses Gespräch jetzt, kurz vor Mitternacht und nach einem langen Tag, führen zu wollen.

Augenblicklich wird sein Gesicht rot.

Ich habe eine sehr klare Meinung dazu, er spuckt Stückchen seines Schinkenbrots über den Tisch.

Ich sage, ich brauche keine Meinungen. Ich habe Meinungen satt. Mich interessieren Gedanken, Überlegungen. Wenn du die hast, dann her damit. Positionen und Meinungen sind ein Teil des Problems.

Er hört nicht zu. Er fährt mir über den Mund. Er sagt: Kolonialisten. Israel. Genozid. Gaza.

Er rattert einen Begriff nach dem anderen herunter, die allesamt wie aus dem Internet abgelesen klingen. Parole. Zitat. Parole. Zitat. Er verschwindet vollständig dahinter. Kein einziger eigenständiger Gedanke. Nichts von ihm ist da. Nur Schaum vor dem Mund und Schlagworte. Er versucht, zuzuschlagen, das ist sichtbar. Spürbar.

Ich sage, lass uns nicht jetzt darüber reden. Nicht so. Damit erreichen wir nichts. Ich sehe, dass dir etwas wehtut, aber es geht hier nicht um dich. Und auch nicht um mich. Und Phrasen helfen uns nicht weiter.

Er lässt sich nicht stoppen, redet ununterbrochen auf mich ein, ich versuche, auszuweichen. Natürlich merkt er das. Dann sagt er, dass der 7. Oktober gerechtfertigt war, es gab gute Gründe.

Irgendetwas reißt in mir. So fühlt es sich an. Ich höre mich selber, wie ich ihn anschreie. Ich sehe, wie meine Hände auf der weißen Tischdecke dieses vornehmen Kaffeehauses in dieser eleganten Stadt zittern, während der Kellner in Anzug und Weste mir einen letzten Türk Kahvesi bringt.

Der Freund wütet, die Kinder in Palästina.

Ich antworte, aber wer sagt denn, dass es in Ordnung ist, was da passiert.

Der Freund legt nach, es hätte Israel niemals geben dürfen.

Ich frage, ob er das wirklich so meint – *from the river to the sea.*

Der Freund sagt, wenn ich in der Zeit zurückgehen könnte, würde ich die Araber warnen. Ich würde sagen: Es kommen Kolonialisten, Siedler. Tötet sie alle.

~~Steh auf. Schmeiß diesen Tisch um, verwüste das Kaffeehaus.~~

Ich sage, schau mich an. Schau mir ins Gesicht. Du willst es doch mir, du willst es doch den ganzen Tag schon einem Juden ins Gesicht sagen. (Und ich bin der einzige Jude, den du kennst, nicht?)

Er blickt mich an. Er zögert keine Sekunde. Genaugenommen schaut er den ganzen Abend schon in mein Gesicht. Er meint mein Gesicht. Das werde ich erst später begreifen.

Ich spreche seinen Namen aus (während ich an unsere Freundschaft denke, an all unsere gemeinsamen Momente). Ich zwinge mich, den Mund aufzumachen. Ich sage, ich gebe dir jetzt eine letzte Chance, mir zu sagen, dass du nicht meinst, tötet alle Juden. Dass du eigentlich sagen willst, dein Herz blutet für Unschuldige. (Ich verrenne mich in Floskeln, im Kitsch, ich erniedrige mich. Warum? Na ja – er ist mein Freund.) Oder schau mir ins Gesicht (ich spreche wieder seinen Namen aus) und sag mir, dass du den Tod aller Juden in Kauf nimmst für das, was du die Befreiung Palästinas nennst.

Aus irgendeinem Grund glaube ich, es gäbe noch etwas zu retten. Ich halte mich an Jahreszahlen fest. Ich referiere die Geschichte der Region, Palästinas und Israels. Ich spreche von Rettung, ich spreche von Widerstand. Von liberalen Kräften. Von Rabin. Von Oslo. Von den monatelangen Demonstrationen gegen die Regierung Netanyahu, die größer waren als jede Demonstration, die Deutschland je erlebt hat, ausgenommen den Jubel für die Nazis. Ich spreche von der Organisation *Standing Together*, in der meine Freund*innen aktiv sind. Du-glaubst-nicht-wirklich-dass-es-Gründe-geben-kann-Menschen-so-etwas-anzutun-sag-mir-bitte-dass-du-nicht-glaubst-irgendwer-hätte-so-etwas-verdient-sag-mir-bitte-dass-du-verstehst-dass-es-Menschen-waren.

Für diesen letzten Teil werde ich mich am Ende am meisten hassen. Dafür, dass ich meinte, Argumente würden irgendetwas bringen. Und dafür, dass ich nicht aufgestanden bin und den Tisch umgeschmissen habe. (Aber das ist eine genuin jüdische Erfahrung, der Welt immer wieder eine Chance zu geben, dann aufs Maul zu kriegen und sich den Rest des Lebens der eigenen Naivität zu schämen.)

Schau mir ins Gesicht (ich spreche seinen Namen aus) und sag mir, dass du nicht meinst, alle Juden können sterben, weil 1967 eine große Ungerechtigkeit geschehen ist.

Ich weiß nicht, was er von dem, was ich sage, überhaupt hört. Ich weiß nicht, ob er begreift, was ich mit 1967 meine. Seine Augen sind glasig. Draußen vor dem Fenster rutschen Menschen in der Dunkelheit über den Gehsteig. Mehrere Kellner in Anzug und Weste stehen seit einer Weile um unseren Tisch herum, erstens, weil wir uns anschreien, und zweitens hat das Kaffeehaus eigentlich schon seit einer halben Stunde geschlossen.

Der Freund wiederholt, was er vorhin gesagt hat, quasi als Schlusswort: Wenn ich in der Zeit zurückgehen könnte, würde ich sie warnen. Ich würde sagen: Es kommen Kolonialisten, Siedler. Tötet sie.

Ein letztes Mal (ich spreche seinen Namen aus): Tötet die Holocaustüberlebenden? Ist es das, was du mir sagen willst?

Ja. Tötet sie alle.

Es gibt nichts mehr in mir, was noch reißen kann. Fast ruhig gehen wir zur Garderobe, holen unsere Jacken. Von allen Absurditäten, die gerade passiert sind, ist diese hier die rätselhafteste: Ich umarme ihn zum Abschied.

Ich gehe allein durch die Nacht, taub, aber das macht nichts. So ist es besser.

Ich will die Straßenbahnschienen überqueren, genau in dem Moment kommt eine Tram, und mir fällt ein, dass sie zum Schauspielhaus fährt. Ich steige ein, setze mich. Taub, aber so ist es besser. Ich schreibe meinen Freunden: Seid ihr noch im Theater? Sie antworten fast sofort: Kantine!

Sie ist voll, so kenne ich sie. Und obwohl ich hier erst ein paarmal war, begrüßen mich alle wie ein Ensemblemitglied. Alkohol wird ausgeschenkt, keine fünf Minuten später bin ich in ein Gespräch über Klima-Aktivismus verwickelt. Irgendwer hat meine Theatertexte gelesen und sagt etwas dazu. Ich bedanke mich, flirte. Taub, aber so ist es besser.

Nach ein paar Drinks halte ich mich am Tresen fest, und ein Freund fragt mich, wie es mir gerade geht, und ich erzähle alles. Ohne Tränen. Ich berichte einfach. Dann sage ich, ich würde gerne das Richtige tun. Er hilft mir, meine Gedanken zu sammeln. Ich trinke mehr. Ich umarme ihn. Umarme jeden in der Kantine. Gehe auf die Toilette. Fange an, gegen eine Wand zu schlagen (das habe ich früher, als ich noch geboxt habe, oft getan, ich hatte mir versprochen, nie mehr an diesen Ort der Wut zu gehen). Ich fange mich wieder, halte mein Gesicht unter kaltes Wasser, bis der Freund, der mir gerade noch dabei geholfen hat, meine Gedanken zu sammeln, wie aus dem Nichts neben mir steht.

Alles in Ordnung?

Bestens.

Was denkst du?

Ich habe es so satt, das Richtige zu sagen. Das Richtige zu denken.

Was brauchst du?

Ich habe das Gefühl, ich habe tote Materie in mir. Als wäre etwas gestorben, und ich trage es im Magen mit mir herum. Als würde ich eine Leiche in mir haben, und ich schleppe sie weiter. Ich will sie auskotzen, ich will sie nicht. Nicht erst seit heute Abend. Schon seit dem 7. Oktober.

Der Freund kommt näher, streicht mir die Locken aus dem Gesicht und sagt: Mach das. Kotz sie aus. Ich halte deine Haare. Kotz alles aus. Das ist der Ort dafür, wir sind aufm Klo.

Ich lache. Ich lache und falle ihm um den Hals, dann schreie ich los. Und dann lache ich. Und ein weiterer Freund kommt herein. Und noch ein paar. Binnen Minuten ist die Party umgezogen auf die Toilette der Theaterkantine. Es gibt keinen Platz, umzufallen. Egal, wohin mein Kopf auch wegsacken würde – er würde auf eine Schulter fallen. Irgendwer baut einen Joint. Irgendwer reicht ein Glas.

Und dann rufst du an, Ofer. Ich starre auf das Display. Ich denke natürlich, dass ich fantasiere. Dass ich so high bin, mir vorzustellen, dass du mich mitten in der Nacht anrufst. Ich gehe ran.

Du fragst, was ist passiert.

Ich frage nicht, woher du –

Ich versuche, von der Party auf der Kantinentoilette zu erzählen, fröhlich zu klingen, hörst du den Lärm? Ich lache, bis ich schweige. Bis wir beide schweigen. (Kann einem die Stimme wegbrechen im Schweigen?)

Dann sage ich, ich kann es dir nicht erzählen.

Warum nicht? Deine Stimme ist ganz ruhig.

Ich schweige.

Warum nicht?

Ich schweige.

Warum nicht?

Weil du es schon weißt. Du weißt diese Dinge einfach. Nicht?

Jehuda Amichai
Gott voller Erbarmen

Gott voller Erbarmen,
wär nicht Gott voller Erbarmen,
so gäbe es Erbarmen in der Welt, nicht nur in ihm.
Ich, der ich Blumen pflückte auf dem Berg,
der ich in alle Täler schaute,
ich, der ich die Leichen von den Hügeln trug,
kann euch erzählen: Die Welt ist von Erbarmen leer.

Ich, einst König des Salzes am Meer,
der ich unentschlossen an meinem Fenster stand,
der ich die Schritte der Engel zählte,
ich, dessen Herz Schmerzgewichte
in furchtbaren Wettkämpfen hob.
Ich, der ich nur einen Bruchteil
der Wörter im Wörterbuch verwende.

Ich, der wider Willen Rätsel lösen muss,
ich weiß, wär nicht Gott voller Erbarmen
so gäbe es Erbarmen in der Welt,
nicht nur in ihm.

Deutsch von Anne Birkenhauer

Sasha an Ofer — Chanukkah, ein Jahr später

Mein Chabadnik-Schuster fragt mich nun zum dritten Mal innerhalb von zwei Tagen, ob ich denn auch weiß, wo ich die koscheren Kerzen für den Chanukkah-Leuchter finde, und was ich überhaupt mache an den Tagen des Lichts und mit wem. Schon gestern hat er mir eine E-Mail geschrieben mit einer Einladung zum Essen und mich angerufen, und ich habe beschlossen, es nicht als Stalking, sondern als Fürsorge zu sehen.

Ich erinnere mich an letztes Jahr, als die Lage so verzweifelt war, dass atheistische Jüd*innen an Schabbat lieber mit Ultraorthodoxen zusammensaßen, als sich Abend für Abend in ihren linken Kreisen für die eigene Existenz rechtfertigen zu müssen, und ich lächle. Vorbei, vorbei. Ich beschließe, dem fürsorglichen Schuster trotzdem nicht zurückzuschreiben. Ich bin spät dran. Du, Ofer, bist mit D. schon seit dem Vormittag dabei, Challah zu backen, deine Frau hat die Kinder bei uns abgeliefert und ist noch einmal losgezogen, und ich hatte versprochen, mit den Einkäufen für das Essen heute Abend schon vor einer Stunde zurück zu sein, aber ich trödle. Der Schnee ist meine Ausrede – wie kann es bitte schräg von links nach rechts und von rechts nach links gleichzeitig schneien? Ich würde eine Ski-Brille brauchen, stattdessen schaue ich hoch, starre geradewegs in den Himmel. Er ist so faltig wie die Haut auf der Milch, die ich heute Morgen den Kindern für das Müsli im Topf warm gemacht habe. Ich warte kurz, ob der Himmel sich als warme Milch über mich ergießt, während die Schneeflocken meine Wimpern verkleben. Ich versuche, nicht auszurutschen, laufe zwischen den Marktständen hindurch.

Der Einkaufszettel ist mir irgendwo auf dem Weg verloren gegangen, und wahrscheinlich habe ich die Hälfte der Einkäufe vergessen, denke ich, als ich zu Hause auf die Dielen im Flur tropfe, aber D. liebt mich trotzdem. Ich spüre mein Gesicht wieder, als sie mir einen Kuss gibt. Sie nimmt mir die Tüten ab, hängt die Jacke über die Heizung, stopft meine Schuhe mit Zeitung aus. »Zeig mal dein Innenleben«, heißt es auf Österreichisch, wenn es darum geht, das Innere der Schuhe zu zeigen. Das habe ich mir gemerkt. Hier ist mein Innenleben. Ausgestopft mit Zeitungen, die nichts Schreckliches mehr berichten. Heute sind Zeitungen nur zum Stiefelausstopfen da.

D. und du seid immer noch am Kochen. Mir war natürlich klar, dass es nicht bei der Challah bleiben wird und dass ihr daraus eine Tagesbeschäftigung machen würdet. Ich lasse euch am Herd zurück und gehe zu deinen Kindern hinüber. Sie schauen zusammen mit W. HipHop-Videos auf meinem Computer und zeigen mir die neu eingeübten Moves. W. macht mit und scheitert am Moonwalk. Ich versuche auch ein paar Schritte. In einem anderen Leben werde ich Tänzer werden, habe ich dir von meinem Plan erzählt? Im nächsten Leben bin ich Tänzer und Rapper. Aber in diesem kann ich nur deinen Kindern dabei zusehen, wie sie auf ihren Händen balancieren. Und sie anfeuern. Und ein wenig beatboxen, was den Kids sichtlich peinlich ist.

Es klingelt an der Tür, und K. stürmt herein. Auch nass vom Schnee von Kopf bis Fuß, sie stellt das alkoholfreie Bier in den Kühlschrank, füllt Wasser in den Napf für ihre Hündin. Wir hatten mal geplant, uns die Sorge für Sam zu teilen, aber als ich K. mit Sam zum ersten Mal am Kanal sah (sie hatte das Tier gerade aus Rumänien abgeholt und diesen Gesichtsausdruck, als würde sie direkt ins Weltall blinzeln), war mir klar, es wird keine geteilte Sorge um einen Straßenköter geben. Sam und K. sind für immer ein Team. Sam liebt allerdings auch D. und schmiegt sich an ihre Beine, will Streicheleinheiten, während D. noch beim Gemüsehacken ist. Sie sagt: »Ich habe Chili an den Fingerkuppen, Liebes, das willst du nicht, dass ich dich jetzt kraule«, und neigt ihren Kopf zu Sam, wischt mit der Stirn an ihrer Stirn.

Meine Mutter ruft an, sie stehe unten im Hauseingang, ich möge ihr bitte mit dem Koffer helfen, unser Fahrstuhl sei mal wieder ausgefallen. Als ich das Teil hochschleppe, frage ich vorsichtig, was sie für den einen Tag, den sie bleibt, denn alles eingepackt habe, und sie antwortet, als wäre ich wieder ein dummer Teenager: »Champagner natürlich! Wir sind doch heute viele, oder? Da sind zehn Flaschen drin.«

Wir treffen R. im Treppenhaus. Sie hatte letztes Jahr an Chanukkah Fieber und Husten und musste die Tage allein auf dem Sofa verbringen. Ich war damals in Wien, hörte mir auf der Feier der liberalen Gemeinde Schreckensgeschichten darüber an, wie jüdische Schüler an unterschiedlichen Schulen der Stadt verprügelt wurden, und wollte nichts lieber als R. einen Teller Suppe vorbeibringen. Sie ist diejenige, die mir beigebracht hat, wie man jüdische Feste feiert. Und sie half mir, die Mesusa, die meine Mutter aus Israel mitgebracht hatte, am Türrahmen anzubringen. In der Zeit, in der jüdische Menschen ihre Mesusot aus Angst abnahmen, kam R., gutgelaunt und glamourös mit wehendem grünem Schal, und sagte: »So, liebe Nachbar*innen, das wird jetzt etwas lauter.« Sie sprach die Gebete, ich hämmerte im Takt.

A. kommt mit N. durch die offen stehende Tür. N. hat gerade noch im Radio die neuesten Musikalben vorgestellt, nun bindet sie sich eine Schürze um, stellt sich zu dir, Ofer, und fängt ein Gespräch über dein neues Buch an, das erst vor einer Woche erschienen ist und schon in jedem Feuilleton besprochen wurde. Sie schnippelt das Gemüse mit Händen, die letztes Jahr müde und krank waren und nicht mehr wollten. Aber das ist passé. Jetzt sind alle wieder gesund. Ihr drei verschwindet fast hinter den Möhren, Kartoffeln, Zwiebeln, dem Porree, den Paprika und Zucchini. Kurz halte ich den Brokkoli ganz oben auf dem Berg Gemüse für deinen Kopf, oder andersrum, ich halte deinen Kopf für einen Brokkoli. (Du wolltest nicht zum Friseur vor den Feiertagen, damit es nicht wieder würde wie im letzten Jahr, als sie dir die Haare so kurz geschnitten hatten, dass du dich nicht mehr zeigen mochtest, weil deine schönen Locken wie bei Samson gestohlen waren, und so fühltest du dich auch. Samson ohne Locken. Aber siehst du: Es wächst alles wieder nach.)

A. ist gerade erst aus der Ukraine zurück. Seit sich die russische Armee aus Saporischschja zurückgezogen hat, besucht sie ihre Eltern regelmäßig und bringt jedes Mal Geschenke mit. Sie holt aus ihrem Rucksack zwei große Einmachgläser mit Salzgurken hervor, nach einem Rezept, das es nur dort gibt, im Osten. Ich schreie auf vor Glück. Eingelegte Salzdillgurken fehlen mir wahrscheinlich am meisten im Westen (auf alles andere kann ich verzichten, glaube ich). Knoblauchzehen schwimmen im Sud vorbei an Rosmarin und Dill. Dazwischen Johannisbeer- und

Lorbeerblätter, und Pfefferkörner und Kümmelsamen bilde ich mir auch ein zu sehen. Ich widerstehe dem Verlangen, mit den Fingern ins Glas zu tauchen, und verstaue die wertvollen ukrainischen Geschenke zwischen den Champagnerflaschen und dem alkoholfreien Bier, damit nicht schon alle Gürkchen weg sind, noch bevor wir uns hingesetzt haben.

Ich schaue auf mein Handy. B. schreibt in kurzen, herzlichen Sätzen, wünscht ein schönes Lichterfest und fragt dann, ob ich bei seinem Gedenkabend für den 7. Oktober mitmachen möchte. Ich gehe auf den Balkon, vorbei an deinen Kindern. Deine Frau ist inzwischen zurückgekommen und liest ihnen etwas vor. Es ist so spannend, dass sie ganz still sind, als wären sie eingefroren. Als wären wir alle kurz eingefroren. Als hätte der Schnee uns auch in der Wohnung dick eingepackt, und für einen Augenblick sind wir unbeweglich, wie aus Marmor. Kurz atmet keiner. Aber das geht vorbei. Vom Balkon aus sehe ich auf die einst feierlich wirkende Leuchttafel über der Spielhalle auf der anderen Straßenseite, auf ihr steht: NEUE WELT. Ich rufe B. an und sage: »Natürlich. Ich bin dabei. Lass uns morgen reden. Happy Chanukkah.«

Als ich hineingehe, ist der Tisch gedeckt. Alle sind da. Meine Mutter, D. und du, W. und B. und S. und I. und N. und T. und F. und M. und E. und A. und K., mein ganzes Freund*innen-Alphabet, alle meine Anker. Besteckgeklapper im Wohnzimmer, irgendetwas fällt in der Küche hinunter, aber es bricht nicht. Heute bricht nichts.

Ich wünsche meinem Chabadnik-Schuster frohe Feiertage, und dann lege ich das Handy endgültig weg.

Ofer an Sasha — 9. Dezember 2023

Sasha, schau mal: J., mein Jüngster, steht barfuß in einer Sonnenpfütze auf dem großen Teppich im Wohnzimmer, noch im Pyjama, in seinen Händen ein kurzes Stück schwarzer Wasserschlauch. Der Schlauch ist relativ dick, er springt immer wieder in seine ursprüngliche Form eines Dreiviertelkreises zurück, egal wie stark man an ihm zieht. J. führt den Schlauch an seine Lippen, das andere Ende hält er an sein Ohr. Seine Augenbrauen steigen in die Stirn, sein Blick wandert zu einem unbestimmten Punkt in der Luft. Ich sehe an seiner Kehle, an seiner kindlichen, zarten Wangenhaut, dass er redet. Er redet in den Schlauch hinein, direkt in das eigene Ohr. Was er sagt, weiß ich nicht, ich kann es nicht hören. Seine Augen fixieren weiterhin einen unbestimmten Punkt im Raum, er scheint aufmerksam zuzuhören.

Ein geschlossener Kreis.

—

F. schreibt, er kommt auf einen Kaffee vorbei. Er ist gerade zurück aus Eilat, aus jenem Hotel, in dem die Überlebenden des Kibbuz Nir Oz seit dem 7. Oktober untergebracht sind (ein Viertel des Kibbuz fehlt: Von den 392 Anwohner*innen wurden 38 ermordet und 77 verschleppt, von denen wiederum 14 bereits freigelassen wurden). F. ist Shiatsu-Therapeut, er verbringt jeweils eine Woche zu Hause und eine Woche im Hotel, gibt den Überlebenden kostenlose Shiatsu-Behandlungen, geht mit ihnen in den hohen Wüstenbergen nördlich von Eilat wandern, sitzt mit ihnen am Strand, trinkt mit ihnen in der Hotel-Lobby.

Er erscheint in meiner Tür, barfuß wie immer, sein langes, schwarzgraues Haar ist zum Pferdeschwanz gebunden, seine schwarzen Augen blicken aus einem von der starken Sonne des Südens gezeichneten Gesicht. Er spuckt Satzfetzen aus, nimmt die Kaffeetasse, flucht, stellt sie wieder hin, stopft seine Graspfeife, flucht, zündet ein Streichholz an, hält es an die Pfeife, zieht an ihr, und dann, mit Lungen voller Rauch und gepresster Stimme, sagt er – »sehr schlimm. Alles. Sehr, sehr schlimm«. Er pustet den Rauch aus, flucht, nimmt einen Schluck Kaffee, steht auf, dreht eine Runde durch das Wohnzimmer, geht in den Garten, kommt zurück, setzt sich hin, flucht wieder. Er zieht sein Handy aus der Hosentasche, zeigt mir ein Bild von sich und einem anderen Mann in seinen Mittvierzigern, beide blicken in die Kamera, hinter ihnen die Wüstenlandschaft. Die Sonne scheint von der Seite auf sie, sie müssen also ihre Augen nicht schützen, dafür werfen ihre Nasen, Hände, Taschen komische Schatten, die auf dem Bild wie Schlieren wirken. »Das ist R., wir waren zusammen in der Armee. Sein Bruder wurde ermordet, er selber hat am 7. Oktober mehrere Menschen unter Kreuzfeuer gerettet, hat sich den Weg aus dem Kibbuz freigeschossen wie ein *fucking* Rambo. Er erzählte mir während einer Shiatsu-Behandlung eine banale, aber sehr persönliche, fast intime Geschichte über sich und seine Frau«, sagt F., legt das Handy weg, nimmt nochmal die Pfeife in die Hand, zündet ein weiteres Streichholz an, lässt es ausbrennen, ohne es an die Pfeife zu führen. »Es war mir unangenehm, danach hat er die Geschichte auch in der Runde im Hotelrestaurant erzählt. Er war so verstört, dass er nicht merkte, wie falsch das ist.« F. schaut mich intensiv an, ich spüre, mir entgeht hier was.

Er steht wieder auf, nimmt die Kaffeetasse in die Hand, flucht. Er ist wütend, das merke ich. Ich sage es ihm auch: »Du bist wütend.« Er macht eine ablehnende Handbewegung, einige Kaffeetropfen fallen auf den Boden, wir achten nicht darauf. »Viele Menschen tun nichts, nichts«, zischt er. Ich sage vorsichtig, alle Menschen sind vom 7. Oktober berührt, jeder geht damit unterschiedlich um. Er geht einige Schritte in den Garten, ich hinter ihm her. »Auch die, die helfen wollen«, sagt er, »tun nur das, was ihnen passt, nicht das, was nötig ist.«

Dann flucht er wieder.

»Ich tue auch nicht genug«, sage ich.

»Wieso, du erzählst doch deinen Freunden in Deutschland, was hier los ist, oder?«

Ich sage ihm, dass ich, kurz bevor er kam, einen bereits angenommenen Auftrag wieder zurückgegeben habe, zum ersten Mal in meinem Leben. Ich sollte für einen deutschen Radiosender die Leiterin der Stabsstelle zur Dokumentation der durch die Hamas systematisch begangenen sexualisierten Verbrechen am und seit dem 7. Oktober interviewen (ich sage es ein paarmal, wiederhole es zwanghaft: am und seit, am und seit, am und seit, am und seit, am und seit. Ich schaffe es kaum, aus diesem Wortkreis auszubrechen). Während der Recherche habe ich ein Detail erfahren, das eine der freigelassenen weiblichen Geiseln betrifft. Danach habe ich der Redakteurin geschrieben – ich schaffe das nicht. Ich kann dir gerne helfen, jemand zu finden, der oder die das Interview führt.

Ich weiß, sage ich F., dass die Welt davon hören muss. Aber ich schaffe das nicht. Dieser eine Satz ...

»Lass es, ich will es nicht hören«, fährt er mich an,

schließt die undichte Stelle im Wortkreis (am und seit, am und seit, am und seit, am und seit).

Wir schweigen, er trinkt den Kaffee aus, überreicht mir die Tasse, will gehen.

Jedes Mal wenn er von einer Woche mit den Überlebenden zurückkehrt, kommt er erst einmal mich besuchen. Es ist immer hart, obwohl er eigentlich kaum etwas erzählt. Er ist immer wütend, flucht, spuckt Satzfetzen aus, bleibt nur kurz, kann nicht stillsitzen. Ich höre ihm zu, rede kaum dazwischen.

»Denk an Tschernobyl«, sage ich ihm, will ihn nicht so gehen lassen.

»Wieso?«

»Es ist so: Als Tschernobyl passiert ist, gab es die Westeuropäer, die sich Sorgen um verseuchte Lebensmittel machten. Dann gab es die Schlaumeier, die in Moskau saßen und kluge Ratschläge herunterratterten. Dann gab es die, die in Kiew saßen und dachten, das geht böse aus. Dann gab es die Anwohner*innen von Prypjat, direkt neben dem Kraftwerk, die die Explosion gehört, den Ascheregen gesehen, den Metallgeschmack im Mund gespürt haben und begriffen, ihr Leben, so wie sie es kannten, ist vorbei. Und dann gab es die Leute, die aufs Reaktordach gejagt wurden, um die Graffitstücke aus dem Inneren des Reaktors, die nun freilagen, zu beseitigen. Das bist du. Du bist vollkommen verstrahlt.«

—

Am Abend schicke ich dir eine Nachricht, Sasha, ich schreibe dir, dass heute ein schlimmer Tag war.

»Wieso?«, fragst du mich. »Erzähl.«

Ich erzähle es dir nicht. Was ich gehört habe, was ich höre. Was die Freigelassenen erzählen. Was die Ärzte, die sie untersuchen, feststellen. Was ich mir seitdem ins eigene Ohr flüstere. Am und seit, am und seit, am und seit, am und seit, du fragst, ich schweige, du fragst, ich schweige, du fragst, ich schweige, du fragst, ich schweige. In Tschernobyl wurde ein Betonsarkophag um den freiliegenden Reaktorkern gebaut, wir errichten geschlossene Wortkreise, Absperrungen, die die verstrahlte Stelle versiegeln sollen. Und auf welcher Seite der Absperrung stehst du? Und F.? Und die Überlebenden aus Nir Oz? Und die Geiseln? Was verletzen wir, wenn wir versuchen, den Wortkreis zu brechen, das Ende des Schlauchs vom eigenen Ohr wegzuziehen?

Und ich, Sasha, wo stehe ich? Vor mir eine Absperrung, hinter mir eine Absperrung. In der Ferne, in Gaza, eine Absperrung. Ich höre die Worte rauschen.

Sasha an Ofer — 12. Dezember 2023

Ich liebe diesen Film von Andrei Tarkowski: *Stalker*. Er ist sieben Jahre vor der Katastrophe von Tschernobyl entstanden, aber seit 1986 lässt er sich kaum anders als prophetisch verstehen. Ich habe ihn als Jugendliche*r oft geschaut: Die ersten Szenen in Sepiafarben, die Ecken und Kanten scharf ausgeleuchtet, die bleichen Gesichter der Protagonist*innen, die Bar an der letzten Station, bevor es in die *Zone* geht, alles wirkt zweidimensional. Als hätte die Kamera den Bildern die Tiefe entzogen, sodass nur das Nötigste von allem bleibt, kaum mehr als der Umriss der Dinge. Eine nervös raschelnde Plastiktüte in der Hand einer der Männer, die in das verstrahlte Niemandsland wollen – alles wirkt wie aus Bronze. Geschliffen. Nachkoloriert. Die drei Körper bewegen sich durch eine Landschaft, der etwas zugestoßen ist. Unaussprechliches, Unbekanntes, die Gegend hat dieses Ereignis aufgesaugt wie ein Schwamm und ist selbst zu einem Organismus geworden. In diesem Terrain herrschen andere Gesetze, oder genauer: es gibt keine Gesetzmäßigkeiten mehr, die ein Mensch erkennen könnte. Eine Straße, die gerade noch da ist, kann im nächsten Augenblick verschwinden. Ein Wasserfall kann eine Tür oder eine tödliche Falle sein. Man sieht kein Lebewesen, aber hört tierische Schreie und menschliches Murmeln, und alles um die Wanderer herum ist lebende Materie. Ob es Glückssache ist, dass die *Zone* einen durch sich hindurch und dann auch wieder hinaus in die bekannte Welt lässt, oder ob man sich dieses Privileg durch irgendetwas – Haltung, Charakter, eine besondere Leistung – verdient haben muss, bleibt offen.

Ich dachte wieder an den Film, als du von Tschernobyl, von der Radioaktivität schriebst, die deinen Freund F. und auch dich und uns alle erfasst hat (am und seit). Was für ein treffendes Bild für die alles zerstrahlende Gewalt, die uns, je nach Nähe zum Kern, unterschiedlich kontaminiert. Ich kenne mich mit Verstrahlung ein wenig aus: Mein Großvater, der Geophysiker in der Sowjetunion war, wurde verstrahlt. Er lebt noch, er wird bald 90. Man kann damit also auch alt werden. Aber eine Zeitlang wurde mein Großvater fast jedes Jahr operiert. Seine Eingeweide, so hat er es mir einmal zu erklären versucht, werden durch eine Art Netz, das in ihn hineingenäht wurde, an ihrem Platz gehalten, sonst würden die Leber, die Gedärme, der Magen herumwandern und sich gegenseitig einquetschen, abschnüren.

Ich schrieb meinem Freund E., der nach meinen Tagen fragte, ich wisse jetzt, was mit mir los sei. Was dieses Gefühl ist. Das Ziehen im Kopf. Der Gleichgewichtsverlust, die Gesichtsfeldausfälle. Ich stelle mir vor, so ist es in Tarkowskis *Zone*. Die Gewissheiten, die wir hatten, gelten nicht mehr. Es ist nicht klar, ob der Himmel im nächsten Augenblick auf einen niedergeht oder ob es Fallen im Boden gibt. Die Strahlung wirkt bis hierher, auch weit weg vom Reaktorkern. Gut möglich, dass ich damit alt werde. Und meine Freund*innen, die näher dran sind? Ich weiß es nicht. Das kann keiner wissen. Aber es hilft, an meinen Großvater und seine inneren Netze zu denken.

Die Welt teilt sich gerade (mal wieder) in jene, die von dieser Strahlung wissen und sie jeden Morgen spüren, wenn sie die Füße aus dem noch warmen Bett auf den Boden setzen, und in alle anderen. Und es macht mich wütend, dass ich es tue, aber weil diese Briefe hier nicht nur du und ich lesen, glaube ich, dass ich hinzufügen muss: Mit jenen, die verstrahlt werden, meine ich nicht nur Jüd*innen. Das sollte eigentlich klar sein. Warum muss ich das dazusagen? Warum habe ich das Gefühl, dass die Veranschaulichung jüdischer Realität immer auch unter einer Art Rechtfertigungsdruck steht: Ja, ich weiß, wir sind nicht die Einzigen, die leiden. Was ist das für ein Reflex?

Es gab Kritik an einer Veranstaltung, die meine Kolleg*innen und ich hier in Wien zum 9. November organisiert haben, weißt du? Der Titel lautete »Jüdische Lebendigkeit«, und der Grund des Anstoßes war, dass wir am Tag der Pogromnacht über jüdisches Leben gesprochen haben (wir waren übrigens nicht nur Jüd*innen auf der Bühne, *but who cares*). Sei das nicht ausschließend, einseitig?, wurde kritisch nachgefragt. Warum wir nicht auch andere Perspektiven abbilden? (Was, bitte, könnten unterschiedliche Sichtweisen auf die Reichspogromnacht sein?)

Darum buchstabiere ich hier aus, dass am und seit dem 7. Oktober (am und seit) nicht nur Jüd*innen verstrahlt werden. Und auch nicht nur arabische, palästinensische Menschen. Wer es versteht, versteht es. Und alle anderen machen eben weiter wie bisher.

Ich beschrieb also meinem Freund E. dein Bild von der Strahlung, Ofer. Und er antwortete: »Ich würde dir so gerne einen Anzug schenken, der dich vor der Radioaktivität schützt.« Ich dachte kurz nach und schrieb zurück: »Das hast du gerade getan.« Natürlich werden unsere Freundschaften uns nicht vor der Strahlkraft der Kriege schützen. Aber trotzdem: Es hilft. Weißt du, es gab doch diejenigen, die sich mit Jod abwuschen, als die Katastrophe von

Tschernobyl bekannt wurde. Unsere Freundschaften sind so eine Art Antidot. »Löse zwei Tropfen Jod in einem Glas Wasser auf. Wasch dir die Haare ...«, heißt es bei Swetlana Alexejewitsch.

In Tarkowskis *Stalker* gehen die drei Männer durch eine unberechenbare Landschaft, *ein kompliziertes System von möglicherweise tödlichen Fallen* (so nennt sie der titelgebende Held), auf der Suche nach dem *Wunsch-Raum* im Herzen dieses Geländes. Es heißt, wenn man diesen betritt, erfüllen sich die verborgensten Sehnsüchte. Und vielleicht ist es viel mehr die Neugier, welcher Art diese Wünsche eigentlich sind, als das Verlangen nach ihrer Erfüllung, die die Besucher der *Zone* antreibt. Wer kann schon mit Sicherheit sagen, was er oder sie wirklich will? Der Einzige, von dem man weiß, dass er den Raum betreten und wieder verlassen hat, wurde über Nacht unerhört reich und erhängte sich eine Woche später.

Ich liebe diesen Film. Ich habe mich nie nach meinen *eigentlichen* Wünschen gefragt. Aber ich habe oft über zwei Dinge nachgedacht: die Sucht des Stalkers, immer wieder in das gefährliche Gebiet zurückzukehren. Das Leuchten in seinem Gesicht, wenn er die *Zone* betritt. Seine geweiteten Augen. Gerade hat er noch Frau und Kind mit steinerner Miene zurückgelassen, um Unbekannten ein Führer durch die Landschaft zu sein. Ihre Strahlung hat ihn süchtig gemacht. Er ist ein Junkie. »So, jetzt sind wir zu Hause« ist sein erster Satz, als die Männer die *Zone* betreten. Diese mit rostigen, verrottenden Trümmern übersäte Gegend ist sein Heim. Er legt sich auf den Boden und scheint in ihn einzutauchen wie in Wasser.

Und dann habe ich noch oft über sein Kind nachgedacht.

Von diesem Kind geträumt. Es trägt die Verstrahlung in sich, obwohl es selbst natürlich nie in der *Zone* war. Sein Vater schreitet mit anderen Männern, mutig oder nicht, aber sicheren Schrittes durch eine zerstörte Gegend und trägt diese Strahlung nach Hause, und dort sitzt dieses Kind. Verzeih, dass ich dir die letzte Einstellung des Films verrate (lies nicht weiter, wenn du ihn sehen willst). In dieser letzten Szene liegt die Tochter des Stalkers mit der Schläfe auf der Tischplatte. Sie trägt ein goldenes Tuch eng um den Kopf gebunden. Für uns, die Betrachter*innen, ist das Kind der Fluchtpunkt. Es ist weit weg von uns. Vor ihm auf dem Tisch bewegen sich Gläser. Das Kind bewegt sie nur mit seinem Blick: zuerst das Teeglas auf uns zu, dann ein anderes Glas quer über die Tischplatte. Mit nichts anderem als seinen Augen lässt es die Gläser über den Tisch gleiten, weg von sich, auf die Kamera, auf uns zu, näher und näher und näher. Und dann, am Ende, fegt es das Glas mit einem einzigen Blick vom Tisch.

Ofer an Sasha — 13. Dezember 2023

Jerusalem, vor wenigen Jahren. Mein Vater, meine Mutter und ich stehen auf dem Gelände des deutschen Krankenhauses Augusta Victoria, an dem Ort, wo bis 1967 die Grenze zwischen der israelischen Enklave des Mount Skopus und dem arabischen Ostjerusalem verlief. Augusta Victoria ist einer der höchstgelegenen Punkte Jerusalems, die Aussicht von hier ist in fast alle Richtungen unverstellt: Westlich von uns liegt die Jerusalemer Altstadt, die jüdische Weststadt, dahinter erahnt man grüne, bewaldete Berge und Hügel, Tel Aviv, das Mittelmeer. Östlich von uns erstreckt sich die weiche judäische Wüstenlandschaft, Beduinenzelte, palästinensische Dörfer, israelische Siedlungen, Jericho, das Tote Meer. Mein Vater hat hier 1967 gekämpft, wir stehen an dieser Stelle, weil ich einen Radiobeitrag über ihn und mich mache, zwei Jerusalemer im Gespräch, zwei Generationen. Über das kleine Vor-1967-Israel, das mit dem noch glühenden europäischen Abgrund im Rücken an dem Abgrund des unaufhörlichen Krieges ums Überleben stand. Über das große Nach-1967-Israel, die selbstbewusste Besatzungsmacht, in die ich hineingeboren wurde, die mich zunehmend befremdete. Ein Israel, das vielleicht auch weiter weg von den vielen Abgründen lag, die um meinen Vater klafften. Weiter weg, das heißt auch: dort, wo ein anderer Horizont möglich, wo andere Zukünfte vorstellbar waren.

Mein Vater erzählt, dass während der angespannten Zeit vor und während des Kriegs alle wehrfähigen Männer eingezogen waren und in Uniform und mit Gewehr herumliefen. Dass es eine Schande war, sich als junger Mann ohne Gewehr und Uniform auf der Straße zu zeigen. Das waren aber andere Zeiten, sagt mein Vater. Ja, andere Zeiten, pflichtet ihm meine Mutter bei, und ich murmle, wie ein Echo, ja, andere Zeiten.

Auf dem Weg zurück zum Auto wird meine Mutter sagen, dieser Ort hier sei eine Wasserscheide. Jeder Tropfen Regen, der hier fällt, teilt sich in zwei Hälften, die zwei miteinander unversöhnliche Verläufe nehmen. Eine Hälfte gesellt sich zu den westlich von hier niederprasselnden Tropfen und bahnt sich als Teil von ihnen den Weg über Berge und durch Täler ins Mittelmeer. Die andere Hälfte verdampft in der Wüstenhitze oder sickert in die Erde, um dann, überraschend, am Fuße eines Wüstenhügels oder im Jordantal als Quelle aus der Erde zu brechen.

—

Vor einer Woche bin ich auf eine Shiva gegangen. Yuval K., der Sohn eines Nachbarn, ist bei einem Anschlag in Jerusalem ums Leben gekommen. Es war so: Zwei Terroristen der Hamas drangen nach West-Jerusalem ein, stiegen an einer Haltestelle am Stadtausgang aus ihrem Auto und fingen an, auf Passanten zu schießen. Yuval, der zufällig in diesem Moment dort vorbeifuhr und eine Pistole bei sich trug, hielt an, sprang aus seinem Auto und erschoss die beiden. Zwei Soldaten, die in der Nähe waren, eilten ebenfalls zum Tatort. Yuval, der keine Uniform trug, begriff, dass die Soldaten ihn für einen Terroristen halten könnten. Er sank auf die Knie, warf die Pistole weg, zog seine Jacke hoch (um zu zeigen, dass er keinen Sprengstoffgürtel trug), hob seine Hände und schrie: Nicht schießen, ich bin Israeli! Das half ihm alles nicht. Die Soldaten erkannten ihn nicht als einen der Ihren und schossen so lange auf ihn, bis er regungslos am Boden lag, tödlich verwundet.

Ich kenne Yuval K.s Vater nicht persönlich, deshalb habe ich mich mit einigen Nachbarinnen vor dem Haus verabredet, um mit ihnen zusammen auf die Shiva zu gehen. Ich gehe langsam unsere Straße hinunter, bis ich das kleine, von der Stadtverwaltung aufgestellte Schild sehe, auf dem in dicken schwarzen Buchstaben steht: »Zur Shiva der Familie K.«, darunter ein Pfeil und Zeitangaben, wann Besuch erwünscht sei. Es ist noch vor der verabredeten Zeit, ich traue mich nicht, direkt am Hauseingang zu warten, also gehe ich auf die andere Straßenseite, von wo aus ich die vielen Besucher*innen der Shiva beobachten kann. Ich erkenne sie schon von Weitem an ihrem langsamen Schritt, an einer bestimmten Schwere des Gangs, als ob sie sich durch Wasser bewegen würden. An der kurzen Pause, die sie sich gewähren, bevor sie das Haus betreten. Viele von ihnen mit umgehängten Gewehren, einige in Uniform, andere in Zivil. Auch als meine Nachbarinnen kommen, unterhalten wir uns noch kurz, reden belanglose Sätze, um Mut zu sammeln, bevor wir über die Türschwelle gehen.

Yuval K.s Vater ist religiös, nicht streng, aber so, dass die wenigen schlichten Dekorationen an den Wänden und im Bücherregal im Wohnzimmer jüdische Motive zeigen, Davidsterne, hebräische Schriften, einen betenden Rabbi. An eine Wand gerückt steht ein Tisch mit billigem Saft, Plastikbechern und aufgerissenen Schokokeksverpackungen. Zahlreiche Kinder, von einem tatkräftigen Onkel dirigiert, schwirren durch das Haus und in den Garten, schlängeln sich um die Beine der Gäste, um die stählernen Läufe ihrer Gewehre, tragen weiße Plastikstühle und Kaffeetassen, leeren Aschenbecher, ihr Gesichtsausdruck vom ausgesetzten Normalgang des Lebens, von ihrer Rolle darin gezeichnet, ihre Augen aufgerissen.

Wir gehen zuerst in den Garten. Auch hier Plastiktische und -stühle, das Rauschen leiser Gespräche, die vom Donner vorbeifliegender Kampfjets kurz gestört werden, um dann wieder ihren Fluss aufzunehmen. Wir setzen uns an einen Tisch, verlegen, reden weiter belangloses Zeug, eine Nachbarin vergisst sich und lacht, ich schaue weg, sehe einen alten Freund aus Jerusalem. Wir stehen beide auf, er schwingt sein Gewehr auf den Rücken und umarmt mich, ich muss nichts auf den Rücken schwingen. Ich nütze die Gelegenheit, kehre nicht zu meiner Gruppe zurück, gehe stattdessen ins Wohnzimmer und setze mich in den Stuhlkreis. Der Vater von Yuval K., mein Nachbar, hält sich sein Handy vors Gesicht, offenbar macht er gerade einen Video-Check für ein Interview, das er später geben soll. Auf seinem Gesicht graue kurze Bartstoppeln, auch schwebt eine Art leises, erstarrtes Lächeln über seinen Lippen, seine Hand fasst unbewusst immer wieder nach der Kippa auf seinem Kopf, lässt sie ein wenig hin und her über das dünne Kopfhaar gleiten. Der Check ist beendet, er legt das Handy weg und beginnt zu reden, er erzählt die Geschichte vom Tod seines Sohnes. Offenbar macht er es seit Tagen, in Dauerschleife, setzt an einem beliebigen Punkt ein (Das zufällige Vorbeifahren Die gehobenen Hände Die weggeworfene Pistole Die hochgezogene Jacke Der Soldat Jerusalem Der Schuss Ich bin) und erzählt weiter, bis er wieder von einem Anruf oder von einem Gast im Redefluss gestört wird, seinen Blick kurz hebt, wobei das erstarrte Lächeln seine Lippen zu zwei dünnen Linien zieht. Der Stuhlkreis atmet Menschen ein und aus, die ankommenden setzen sich für eine Weile hin, warten, bis sie einmal alle Bruchstücke der Geschichte gehört haben, stehen langsam auf, warten kurz (wie vor dem Haus), gehen zu meinem Nachbarn, nehmen seine Hand, murmeln die eingeübten Worte, gehen dann hastig aus dem Kreis, aus dem Haus, verblassen im Licht der Tür.

Zwei Ultraorthodoxe, schwarz gekleidet, ein fülliger und ein schmaler, treten laut redend in den Kreis, ich werde sauer, denke, sie wollen hier predigen oder für irgendwas werben. Sie setzen sich, schauen in die Runde, studieren die Anwesenden mit geübten Blicken, der Füllige fängt an, laut zu erzählen, »wir sind von einer Wohlfahrtsorganisation«, sagt er, ich kralle mich fest an meinem Plastikstuhl, jetzt kommt's, denke ich. »Ich komme gerade vom Hadassah-Krankenhaus in Jerusalem«, redet er weiter (Yuval K.s Vater schickt eine Hand zur Kippa, der schmale Ultraorthodoxe macht es ihm nach). »Dort liegt ein Verwundeter vom Anschlag, ich und mein Freund hier«, sagt er und weist mit dem Kinn zum Schmalen hin, »ich und mein Freund hier haben ihn gefragt: Bruder, was können wir machen, Bruder, wie können wir helfen?« Er macht eine kurze Pause, schaut wieder in die Runde, nicht alle schauen ihn an, keiner redet außer ihm, er gibt sich damit zufrieden und erzählt weiter. »›Fahrt nach Tivon‹, sagte der Verwundete, ›fahrt nach Tivon zum Vater von Yuval und sagt ihm, sagt ihm, sein Sohn hat mein Leben gerettet.‹«

Das Handy von Yuval K.s Vater klingelt, wieder muss er es vor sein Gesicht halten, ein neuer Check. Als dieser vorbei ist, fängt der Füllige doch an, etwas aus den Schriften zu predigen, die anderen im Stuhlkreis drehen ihre Köpfe weg, einige reden miteinander, er reibt sich die Hände und verstummt.

Der Kreis hat wieder Menschen eingeatmet, wird voll, ich will aufstehen und mich verabschieden (ich habe mich für ein schlichtes »Möge euch der Ort trösten« als Abschied entschieden), werde dann von meinem Sitznachbarn angesprochen.

»Bist du ein Freund der Familie?«, fragt er.

»Nein, ein Nachbar, ich wohne gleich hier, fünf Minuten entfernt. Und du?«

»Ich?«, fragt der andere, den ich nicht wiedererkenne, er kommt also nicht aus unserer Nachbarschaft.

»Ja, bist du ein Freund der Familie, ein Kollege?«

»Nein, nein«, sagt er. »Ich, ich bin einfach vom Volk.«

Dazu sage ich nichts, stehe auf, trete an den Vater von Yuval K. heran, nehme seine weiche Hand in meine Hände, murmle meinen eingeübten Satz, schlängle mich zwischen den stählernen Läufen der vielen Gewehre hindurch und verschwinde hastig, ohne mich von meinen Nachbarinnen oder meinem Kindheitsfreund zu verabschieden.

Auf dem Weg nach Hause denke ich an dich, Sasha, an uns. An unsere Gespräche, unsere Briefe. Und daran, dass meine Mutter sich irrte. Die Wasserscheide ist eine Illusion. Egal, wohin und wann wir fallen, es blickt uns immer ein Abgrund entgegen.

Sasha an Ofer – 15. Dezember 2023

Eine der für mich wichtigsten ukrainischen Dramatikerinnen unserer Zeit, Anastasiia Kosodii, schrieb nur wenige Monate nach der Kriegsausweitung in ihrem Land ein Theaterstück mit dem Titel *Eight Short Compositions on the Lives of Ukrainians for a Western Audience*. Es ist eine Collage aus Dialogen, Berichten, Flashbacks der Flucht vor der russischen Armee und TikTok-Videos. Eines davon ist mir nachdrücklich in Erinnerung geblieben: *Kharkov birds have learned to imitate the sound of Russian Kalibr missiles*. Darin sitzen Vögel (sind es Leierschwänze?) auf Hochspannungsleitungen und singen. Es dauert ein wenig, bis man versteht, dass das Pfeifen der herannahenden Geschosse tatsächlich aus ihren Schnäbeln dringt. Die Vögel imitieren die Fluggeräusche der Raketen, sie singen das Herannahen der Gefahr. Nachdem ich deinen letzten Brief gelesen hatte, Ofer, schaute ich mir diese Aufnahme mehrmals an und fragte mich, welche Lieder du und ich singen würden, wenn nicht Krieg wäre. Wozu würden wir uns schreiben? Worüber nachdenken, worüber streiten? Wir würden über Thomas Brasch diskutieren und Zadie Smith zitieren. Du würdest versuchen, mich vom Weihnachtsoratorium zu überzeugen, ich würde dir die ersten Seiten meines neuen Romans vorlesen, mir auf die Lippen beißen und deine Kritik aushalten. Wir würden bedenkenlos in Neuköllner Bars einen trinken gehen (bedenkenlos, weil wir nicht aus Verzweiflung, sondern auf das Leben das Glas heben). *Like a bird on the wire* heißt es bei Leonard Cohen, und ich würde gerne mit dir den Song wechseln. Machen wir das? Lass uns das irgendwann machen. Es gibt so viele Songs, in denen ich noch nie gewesen bin.

Aber bis dahin –

Das Bild von der Shiva, bei der du saßt, begleitet mich. Zum einen, weil ich – das schrieb ich dir zu Anfang des Krieges – so gerne Shiva sitzen würde, aber mit wem? Und für wen genau? In Deutschland und Österreich, den Ländern, in denen ich mich bewege, fehlt es an den Selbstverständlichkeiten, von denen du erzählst. Wer ist in meinem Fall *das Volk*, von dem dein Nachbar im Sitzkreis so unmissverständlich reden konnte?

Ich bin in einem Vielvölkerstaat aufgewachsen. Nichts war gut an der Sowjetunion, aber diese eine Selbstverständlichkeit vermisse ich: Dein Nachbar konnte Tscherkesse oder Georgier oder Ukrainer sein. Er konnte Belorussisch oder Litauisch oder Griechisch als Muttersprache haben. Leider sterben die mit Jiddisch als Muttersprache aus, aber meine Urgroßeltern konnten es noch. Ich hörte die Sprache, wenn ich sie in ihrer Datscha an der Wolga besuchte. Ich verbinde damit: ein wandgroßes Regal voller bauchiger Gläser mit selbstgemachter Marmelade, eingelegten Gurken, Tomaten und Paprika hinter der großen Holztür in der Küche. Die Kohlbeete, die ich gießen sollte und versehentlich unter Wasser setzte. Die böse dreinschauenden, handgeschnitzten Waldgeister im Garten, die mich als Kind magisch anzogen – sie machten mir Angst, aber ich empfand auch eine ungeheure Lust, sie zu berühren und dann wegzurennen. Jiddisch – das sind für mich die Sketche, die die Erwachsenen spielten, die Witze, die sie sich erzählten und die ich nicht verstand und wie sie dabei in die Hände klatschten. Der Stolz in ihren Gesichtern.

Ich verbinde mit Jiddisch die Erzählungen von Czernowitz und Odessa. In meinem Kinderkopf waren das jüdische Städte, fast schon imaginäre Orte, wie aus einem Märchen, in einem Land weit, weit weg ... Lange vor unserer Zeit, da war ... Ja, was? Heute weiß ich, wie meine Familie vor den Deutschen floh, wie sie die Stalinzeit überlebte, wie 1953 meine Urgroßeltern geschasst wurden. Und ich weiß bis heute, wie die Schmiererei auf der Fassade ihres Wohnhauses in den Neunzigern aussah: »Judensäue, verpisst euch nach Israel«. Die Farbe der Buchstaben war blau. Ich kann mich an das Gesicht meines Urgroßvaters erinnern, der – verdienter Wissenschaftler in der UdSSR – im Fernsehinterview stolz erklärte, dass er an den Internationalismus glaube. Und dass die Zukunft der Menschheit hell und glücklich sein werde.

Wer waren wir? Unter Paragraph 5 unserer Geburtsurkunde war die ethnische Zugehörigkeit unmissverständlich vermerkt: *Jewrej*. Dann kamen wir nach Deutschland, und nichts war mehr klar: Für die Deutschen waren wir *die Russen*. In den Sprachkursen saßen meine Eltern neben anderen, die als Juden aus den neugegründeten postsowjetischen Nationalstaaten geflohen waren und plötzlich fette Kreuze um den Hals trugen. Sie bezeichneten meine Eltern als was? Genau: *Jewrej*. (Manchmal auch als – siehe die blaue Schmiererei auf der Hausfassade meiner Urgroßeltern.)

Bei uns saß nie jemand für jemand anderen Shiva. Meine Urgroßeltern hatten verfügt, nach ihrem Tod verbrannt zu werden. Auf der Grabplatte, die sie noch selbst ausgesucht hatten, ist kaum Platz für mitgebrachte Steine, weil ihre Namen und Berufsbezeichnungen beinahe den gesamten Raum einnehmen. Es war ihnen wichtig – stolz wie sie waren –, dass die Funktionen, die sie in der Gesellschaft hatten, dort vermerkt waren: Professor. Ärztin.

Beerdigt sind sie auf dem Friedhof einer Kleinstadt in Niedersachsen (jener Kleinstadt, in der unser Asylheim stand), wo es, das kannst du dir denken, natürlich keinen jüdischen Friedhof gab und von wo ich abhaute, so schnell ich konnte. Ohne Schulabschluss und ohne einen Plan fürs Leben. Die Stadt war übrigens damals schon bekannt für Neonazi-Aufmärsche, und in regelmäßigen Abständen mussten die Hakenkreuze entfernt werden, die auf die Tür der Jüdischen Gemeinde gesprayt wurden. Ich wollte raus aus Deutschland, ging in die USA, hasste es, reiste nach Israel, kehrte zurück nach Deutschland und stritt mich furchtbar mit meinem Urgroßvater. Ich sagte schlimme Dinge über Israel (ich erinnere mich nicht mehr an den Wortlaut). Und er, Alexander, Shura, Sasha, der, dessen Namen ich trage, der Internationalist, der Arzt der Roten Armee, sagte fassungslos: »Deutschland hat dich zu einer Antisemitin gemacht!« Das war eine unserer letzten Auseinandersetzungen. Ich hatte nicht mehr die Gelegenheit, ihn zu befragen, was genau er damit meinte, ihm zuzuhören und mich besser zu erklären. Ich war aufgebracht, ich schmollte. Der Zwist blieb ungelöst. Ich saß für ihn nicht Shiva, ich erinnere mich kaum an sein Begräbnis, aber ich rede häufig mit ihm, bis heute, fast täglich. Immerhin ist er mein Schutzpatron. Er ist nach wie vor da. Gleichzeitig bin ich froh, dass er unsere Gegenwart nicht mehr erleben muss (die helle, glückliche Zukunft, von der er im Fernsehen gesprochen hat). Reicht schon das letzte Jahrhundert.

Jetzt kommt eine Nachricht von dir, Ofer.

Am Anfang dieses Briefes habe ich mir von dir einen neuen Song gewünscht. Ich bin noch gar nicht vom Tisch aufgestanden, geschweige denn, dass ich diese Zeilen hier abgeschickt hätte, da schickst du mir schon ein Lied von Hanoch Levin. (Ist der Telepathie-Kanal bei dir eigentlich immer offen?)

Du schickst *Shachmat*, den Protestsong:

Mein Kind, in meinem Schoß, sitzt nun in Himmels Kreis
Soldat in Schwarz erschlägt Soldat in Weiß
Des Vaters warme Brust, nun fror sie ein wie Harz
Soldat in Weiß erschlägt Soldat in Schwarz.
In den Gemächern Klage und im Garten still
Der König spielt mit der Königin sein Spiel.

Und ich muss sofort an das Lied *Sholem* von Adrienne Cooper denken.

If my voice were louder,
If my body stronger,
I would tear through the streets,
Crying: Peace, Peace, Peace.

Volt ikh gehat koyekh,
Volt ikh gelofn in di gasn,
Volt ikh geshrign sholem,
Sholem, Sholem, Sholem.

In meinem Kopf wächst eine ganze Playlist, eine Art Übersetzung unserer Zeit. Meiner Forderungen, meiner Wünsche. Ich kann unsere Gegenwart ohnehin am besten in

Bildern denken. In Liedern, Ausrufen, Zitaten. In riesigen Projektionen auf der Fassade hier im Wiener Museumsquartier, wo ich wohne. Heute stand da doch tatsächlich: Wer sind wir?

Gestern: Peace.

Vorgestern: Wir worten zurück.

Ich glaube, mein Herz ist an diese Projektoren angeschlossen. Alles wird sichtbar. Metergroß. Menschen trinken ihren Weihnachtspunsch auf dem Platz davor und starren darauf. Kommentieren.

Morgen wird da stehen: Wish you were here.

Ofer an Sasha — 18. Dezember 2023

Heute ist Kindergeburtstag. Ich habe den Teig für den Kirschstreuselkuchen bereits gestern Abend vorbereitet und in den Kühlschrank gestellt, nun drücke ich ihn mit nach Butter riechenden Fingern in die Form, stelle ihn wieder in den Kühlschrank, bis die Kirschen, die ich im Topf mit Zucker, Vanilleextrakt und Stärke verrühre, fertig sind. Es ist früh, draußen herrscht noch das graue Licht der Dämmerung, erste Vögel zwitschern, der vorgeheizte Ofen summt. Ich lehne mich gegen die Arbeitsfläche, atme die kühle Morgenluft ein und puste sie in bunte Luftballons, während ich auf dem Handy die Morgennachrichten lese. Dann hole ich die Backform aus dem Kühlschrank, gieße die heißen Kirschen darauf, mit dem übriggebliebenen Teig forme ich Buchstaben und kleine Herzen, verteile sie auf den heißen Kirschen und schiebe die Form in den Ofen. Es dauert nicht lange, bis das ganze Haus nach dem Kuchen duftet. In den Nachrichten steht, dass es eine schwierige Nacht war, mit vielen Verwundeten und Toten, einer von ihnen aus dem Nachbardorf. Ich lese: Er war nur ein wenig jünger als ich, verheiratet, Familienvater. Die Beerdigung ist gegen Mittag, ich habe meinen Kindern einen Film und einen Spaziergang durch Haifa versprochen, G. ist den ganzen Tag nicht zu Hause, was mache ich. Der Duft des Kirschstreuselkuchens verbreitet sich wie eine dicke Wolke, ich renne durch das Haus und mache alle Fenster zu, stelle mir die Nachbarin vor, deren Sohn gerade im Einsatz ist und die die gleichen Nachrichten liest mit dem Geruch von Kirschstreuselkuchen in der Nase. Als alle wach sind und wir *Hajom Jom Huledet* anstimmen, *Heute ist ein Geburts-*

tag, singe ich leiser als sonst, ziehe die Kinder nah an mich heran, versuche sie mit den Armen zu umschlingen, ihren Gesang. Später, während wir auf den Rolltreppen stehen, die ins Einkaufzentrum führen, wo sich das Kino befindet, sehe ich weitere Familien, Eltern, die mit blassen Gesichtern ihre fröhlichen Kinder umschlingen, sie wie kleine Glücksschiffe dirigieren, von einem schweren, stickigen Meer umgeben. Wir haben gute Plätze ergattert, der Kinosaal verdunkelt sich, auf der Leinwand rettet bald eine Disney-Prinzessin eine hyperbunte Welt, die Kinder knabbern Popcorn, während unweit von uns der Soldat vor einer Kulisse weinender Angehöriger in die Erde gelassen wird. Das Donnern der Ehrensalven können wir im Kinosaal nicht hören.

Am Abend schicke ich die Kinder früh ins Bett, lasse erschöpft vom Kindergeburtstag los und hole alles an Nachrichten nach, was ich während des Tages verpasst habe, die vielen Beerdigungen, den täglichen Bericht über die Geiseln, die neuen Angriffe aus dem Süden, aus dem Norden, die Verwüstungen, der Tod und das Leid in Gaza.

Eta Zona. So heißt es in deinem Film, Sasha: *eta Zona*. Wie der Protagonist deines Filmes wälzen wir uns im Gras unserer Zone, horchen auf Klänge, die nur für Zonen-Vertraute wahrnehmbar sind, auf leise Veränderungen des Luftdrucks, der Windrichtung, der Farbe des Himmels, der Schreie der Tiere. Wir wissen, dass jeder Schritt eine Falle bedeuten, jeder Schatten uns mit unerwarteter Wucht in einen Abgrund werfen könnte. So passen wir unseren Gang, unseren Atem der Zone an, ihrer Gesetzmäßigkeit oder ihrem Chaos. Wir merken nicht, wann der Zustand eintritt, in dem wir unseren Gang und unseren Atem so sehr angepasst haben, dass der bloße Gedanke, außerhalb der Zone zu gehen und zu atmen, unerträglich wird. Unzulässig. In einer Welt also, die sich nicht ständig auf diesen glühenden Kern bezieht, die weit genug ist, um Perspektiven anbieten zu können. Perspektive heißt doch Distanz. Distanz, ein unmögliches, unerlaubtes Wort.

Nein, um unsere Zone ragt die Schallmauer der donnernden Kampfflieger, das Handy meldet unaufhörlich Nachrichten (am und seit, Sasha, am und seit), Spendenaktionen für die Familien der Geiseln, Bitten um Unterstützung für die Kinder von Gefallenen, Aufrufe, Kleider und Lebensmittel für die Binnenflüchtlinge zu sammeln, Einladungen zu gemeinsamen Trauerrunden, zu Solidaritätstreffen verzweifelter Friedensaktivist*innen. Plakate mit den Fotos der Geiseln und Todesanzeigen kleben überall wie Warnschilder, Vorsicht, Grenze.

Eta Zona.

Die vielleicht brutalste Falle der Zone: Man kann nicht stillstehen. Entweder fällt man in den glühenden Kern oder wird an die Grenze gedrängt. Man ist ständig in Bewegung. Und Bewegung bedeutet: Schmerz. Wieso gelingt mir der Gang nach außen nicht, früher hat man doch viel Schlimmeres hinter sich lassen und eine neue Hoffnung aufbauen können, wieso habe ich nicht einen Brief wie deine Chanukkah-Vision schreiben können, die doch so voller Zukunft war. Ich muss aus der Zone raus, ich merke, ihre Strahlung tötet die Fähigkeit, das Leid anderer zu spüren – wir schreiben so wenig über Gaza, Sasha, es gibt keinen Tag, an dem ich nicht denke: Wieso schaffe ich es kaum, über Gaza zu schreiben, über die Zerstörung, den Tod, die hungernden Kinder, Hunger, Sasha, ich schreibe das Wort Hunger und horche in mich hinein, in Gaza ist doch auch eine Zone, dort ist auch ein glühender Kern, dort bedeutet ebenfalls jede Bewegung – Schmerz. Wie hat der 7. Oktober unsere Seele versehrt, verwüstet.

Dann aber begegnen mir die schlaflosen Augen meiner Nachbarin, deren Sohn doch auch für mich gerade im Einsatz ist, sodass ich hier sitzen und sinnieren kann. Ist dieses Sinnieren überhaupt zulässig, die eitle Suche nach ästhetischen Mitteln. *Eta Zona*, auch die Falle der Selbstzerfleischung ist allgegenwärtig. *Eta Zona*.

Ist es denn überhaupt zulässig, zu versuchen, der Zone zu entkommen? Welchen Preis hätte das Wagnis, dem verführerischen Gefühl der Zugehörigkeit den Rücken zu kehren, dem durch Leid und Trauer zusammengeschweißten, schützenden Wir?

Aber ich kenne dieses Wir, es ist das süßgiftige Wir der Lieder aus der Kindheit, des wonnevollen Gesichts der einstigen Klassenlehrerin, während sie mit bebender Stimme von Heldentaten und Pionieren und Schiffen voller Flüchtlinge erzählte, sich umdrehte, die Kreide in die Hand nahm und mit geblähten Nasenflügeln, mit vor Stolz gehobener Brust, mit vor historischer Gerechtigkeit glänzenden Augen die Nationalfahne auf die Tafel kratzte, bis das Blut in den Ohren rauschte. Ein wonnevolles Gesicht, das immer nur ein einziges zweifelndes Wort entfernt von einer hasserfüllten Fratze war, gewaltbereit.

Ich weiß: Lass ich mich, von allen Zweifeln gelöst, in den glühenden Kern fallen, treffe ich dort die, die ihn anheizen, damit er nicht erlöscht, ich treffe auf die, die die Mauer der Zone ins Unendliche hochziehen wollen, während sie neue Kindheitslieder erfinden. Versuche ich aber zu fliehen, sehe ich die Warnschilder, die Bilder der Geiseln, die Augen meiner Nachbarin. Egal, wohin man sich bewegt, man wird von Schuld und Leid erstickt, Sasha, stillstehen geht auch nicht, die Augen schließen geht auch nicht (wie könnte ich sonst diese Briefe schreiben), und so vergehen die Tage.

Thomas Brasch schrieb Mitte der 1970er, als er noch in der DDR lebte, in seinem Tagebuch: »Meine Heimat ist das sinkende Schiff, meine Sprache ist die Sprache des sinkenden Schiffes, meine Gesten sind die Gesten eines Ertrinkenden. Meine Sprache ist den Küstenbewohnern nicht verständlich, weil sie eine alte Sprache ist, sie ist den Insassen des untergehenden Schiffes nicht verständlich, weil sie von Untergang spricht, den sie nicht bemerken.« Meine Sprache ist also die Sprache der Zone, Sasha. Aber ich weiß auch: Sie ist dir verständlich (wird sie von vielen Freund*innen in und aus der Ukraine gesprochen?).

Ich kehre den Blick nach innen. Forme mit den Armen, mit G., einen Kreis. Darin: Ein Haus, das nach Kirschstreuselkuchen duftet, mit Luftballons voll grauer Morgenluft, ich trage diesen Kreis durch die Zone, versuche den ganzen Kuchenduft in mich einzuatmen, sodass nichts nach außen dringt, puste ihn in einen Luftballon und schicke ihn an dich. Ich hoffe, er wird auf dem Weg zu dir von keiner Ehrensalve vom Himmel geschossen.

Sasha an Ofer — 20. Dezember 2023

In meinem Traum sah ich das Kind von oben. Es ging mir kaum bis zur Hüfte. Ich war nur einen Schritt von ihm entfernt und ahnte, dass es die Hand einer Erwachsenen umklammerte, aber mehr als das Handgelenk und den Saum des Ärmels erkannte ich nicht. Das Gesicht des Kindes war so gut wie alles, was ich sehen konnte. Es war ein Mädchen, vermute ich, rot-lila Kleid, Augen wie Löcher, geblieben von zwei Ästen, die mit einem Ruck aus einer hellen Rinde gerissen worden waren. Das Mädchen sprach Arabisch. Ich war froh um meine Brocken Türkisch. Wir versuchten, miteinander zu reden. Wie das in Träumen oft so ist, war es kaum mehr als ein Wortklang, der mir blieb. Irgendetwas mit Erdbeeren sagte das Kind, das glaubte ich zu verstehen. Es hörte sich an wie *faraula*. Ich kramte in meiner Erinnerung und sagte, *evet çilekler*. Um uns herum war Staubwüste. Ich konnte die Bombenkrater nicht sehen, nicht einmal Ruinen waren um uns herum zu erkennen, aber mir war klar, wir standen mitten in Gaza. Das Kind lächelte und neigte den Kopf. Seine Stirn war unendlich weit, sein Gesicht rund. Es drückte das Kinn auf die Brust und schaute mich mit den Baumringe-Augen an, dann kippte es den Kopf nach hinten, auf einem Hals so biegsam wie Plasteline, bis er zwischen den Schulterblättern lag, und seine Augen schauten mich immer noch an. Das Kind kippte den Kopf vor und zurück, vor und zurück und starrte mich an, und ich dachte, schau mich an, schau mich an, ich werde nicht wegsehen. Auch wenn mir schwindelig wird von deinem Wippen, solange ich stehen kann, werden wir uns weiterhin in die Augen sehen. Als ich aufwachte, wusste ich, dieses Kind wohnt ab jetzt für immer in mir. Das Mädchen in Gaza, das verstrahlte Kind.

Ofer, es gibt keinen Tag, an dem ich nicht über Gaza nachdenke, die Menschen dort in den Trümmern, ohne Lebensmittel, ohne Versorgung. Keinen Tag, an dem ich mich nicht frage, ob es irgendetwas gibt, was ich tun kann außer dem Üblichen: Menschen anrufen, Geld spenden, mich informieren. Besseres fällt mir einfach nicht ein.

Ich muss jetzt oft an den Herbst 2015, an den Bürgerkrieg in Syrien denken. Ich habe damals mit zwei jungen Männern, die aus Syrien über Ägypten nach Berlin geflohen waren, zusammengewohnt und lernte viel darüber, was es bedeutet, wirklich etwas zu tun, und wozu man besser nichts sagen sollte. Ich habe auch viel über meine eigenen Vorurteile gelernt. Meine Mutter kam einmal zum Teetrinken vorbei, und ich hatte Angst, dass sie herablassend auf meine Mitbewohner blicken könnte. Und – wem mache ich etwas vor – dass M. und Y. irgendetwas Bekloptes über Juden sagen würden. Die drei verstanden sich dann allerdings ohne mich ganz wunderbar. Sie tranken starken Schwarztee und redeten über ihre jeweiligen Erfahrungen in den Asylheimen (meine Mutter damals in den Neunzigern in Niedersachsen, M. und Y. 2015 in Berlin). Wie es war, irgendwo anzukommen und kein Wort der fremden Sprache zu verstehen, von Aufsehern angekeift und herumkommandiert zu werden, auf einem Stockbett zu kauern und sich zu fragen, ob die Entscheidung, zu gehen, ein Fehler war.

M. und Y. wohnen mittlerweile nicht mehr hier. Kurz bevor M. auszog, tranken wir noch einmal gemeinsam Kaffee, und du hättest ihn sehen sollen: Er sprudelte über vor Geschichten. Er strahlte, erzählte immer neue Anekdoten. Er gab mit seinem Deutsch an: »Siehst du, Sasha. Siehst du!« Ich weiß genau, wie sein Lachen klang.

Leid zu sehen, es auszuhalten und weiterzuleben, lerne ich bis heute von den Frauen, die aus der Ukraine geflohen sind. Ich dachte damals, im Frühjahr 2022, nach Butscha, nach Irpin, nach Trostjanez – ich dachte, dass ich kein Recht dazu habe, am Leben zu bleiben. Aber um mich herum waren all diese starken Menschen, die weitermachten, die ihre Kinder in den Schulen unterbrachten, die schnell Arbeit fanden, mich fragten, ob wir abends einen trinken gehen. Sie zeigten mir Videos, die ihre Freundinnen, die *dort* geblieben waren, ihnen schickten. Eines ist mir besonders deutlich in Erinnerung geblieben: Darauf sieht man zwei Frauen, die Maniküre anbieten. Allerdings gibt es gerade keinen Strom. Also hieven diese Frauen einen Motor aus einem Pkw und schließen die Nagelpflege-Maschine daran an. Sie erledigen das Ausweiden des Autos fast nebenbei. Als etwas, das eben getan werden muss, und unterhalten sich nahtlos weiter darüber, dass die Ukraine siegreich sein werde.

Meine Freundin N. und ich schauten das Video in Dauerschleife, einen ganzen Nachmittag lang. Ihre Eltern und der jüngere Bruder sind noch in Saporischschja, unweit des AKWs. Sie wollen nicht gehen. Der Vater ist Schauspieler, das Theater gibt immer noch Vorstellungen. Die Mutter ruft N. oft an und sagt, sie solle aufhören, Powerbanks und all diese anderen Geräte aus dem Westen zu schicken. Sie hätten alles. Sie brauchten nichts. N. selbst ist vor den russischen Bomben erst nach Kyiv, dann nach Lwiw, dann nach Berlin geflohen. Sie sagte zu mir: »Diejenigen von uns, die in den Westen gegangen sind, schämen sich, dass sie nicht in der Ukraine bei ihren Familien geblieben sind. Diejenigen, die in der Ukraine geblieben sind, aber nicht im Schützengraben liegen, schämen sich, dass sie untätig sind. Und diejenigen, die kämpfen, aber nicht tot sind, schämen sich, weiterzuleben.«

»Und was ist mit den Toten?«, fragte ich N. »Was sagen sie?«

N. schenkte nach, atmete aus. Ich weiß nicht mehr, ob sie etwas erwiderte.

In einem Interview mit der Psychologin und Romanautorin Ayelet Gundar-Goshen habe ich über die Schuldgefühle der Überlebenden gelesen, über *Survivor's Guilt*. Ich hätte mit ihr im Oktober 2023 während der israelischen Literaturtage in Berlin ein Podium teilen sollen, wären die Dinge nicht so gekommen, wie sie kamen. Wir hätten uns unter anderen Umständen über Literatur ausgetauscht. Jetzt kümmert sich Ayelet Gundar-Goshen um die Überlebenden des Massakers vom 7. Oktober und um die Angehörigen der Verschleppten. Um jene, die die Gewalt durchlebt haben und noch immer in dem Erlebten gefangen sind. In dem Interview erzählt sie, dass sie den »Standardsatz Nummer eins der Traumatherapie aus [ihrem] Repertoire streichen« musste. Dieser lautet: »Es ist vorbei. Du bist jetzt an einem sicheren Ort.«

Diese Entlastung gibt es zurzeit nicht. Und es ist falsch, Illusionen zu verbreiten.

Ich kann dir diesen Satz also auch nicht schreiben, Ofer.

Ich kann dir und deinen Kindern und G. keine Phrasen schicken.

Es ist nicht vorbei. Nichts ist vorbei. Mir ist klar, dass du das besser weißt als ich. Die dröhnenden Militärjets über eurem Haus, die ich jedes Mal höre, wenn wir telefonieren, klingen wie Seelenfresser aus einem Horrorfilm.

Ich kann und will dir deine Empfindungen nicht ausreden.

Ich werde es nicht versuchen. Und du willst es nicht hören.

Ich kann dir nur sagen, dass ich dich sehe. Sehr klar sehe.

Und ich kann dir anbieten, für ein paar Tage aus der verstrahlten Zone herauszutreten. D. und ich warten schon lange auf dich.

Ofer an Sasha — 30. Dezember 2023

Jerusalem. Meine Interviewpartnerin sitzt mir im kleinen Besprechungsraum gegenüber, am Rande des unteren Lesesaals der neuen israelischen Nationalbibliothek, und schaut mich mit offenem Gesicht und hellen Augen an, die von Lachfalten umgeben sind. Mit rauer Stimme erzählt sie mir von der Abteilung zum Aufspüren vermisster Personen nach der Shoah, von Überlebenden, von Verwandten, die nach Familienmitgliedern suchten, nach Freund*innen, einstigen Nachbar*innen. Sie redet von der schrecklichen Wahl, vor der die Menschen nach dem Krieg standen: Entweder füllte man ein »Daf Ed« aus, ein Zeugenblatt über ein Todesopfer, und deponierte es in Yad Vashem, der Holocaust-Gedenkstätte in Jerusalem, oder man gab eine Anzeige bei der Abteilung zum Aufspüren vermisster Personen auf. Beide Optionen dienten dem Zwang des Lebens, der Notwendigkeit, irgendwie, so kurz nach der Katastrophe, weiterzuleben, das Leid und die Trauer einzuhegen. Doch während ein Zeugenblatt eine Art von Abschluss bedeutete, verlegte die Suchanzeige die gesuchte Person an einen Ort zwischen den Welten: Solange sie gesucht, ihr Name in den Radiosendungen der Abteilung vorgelesen, in den Zeitungsannoncen gedruckt, in den Namenslisten der Jewish Agency aufgeführt wurde, war sie vielleicht schon tot, aber gleichzeitig doch noch am Leben. Meine Interviewpartnerin lächelt bitter und sagt: Schrödingers Juden.

Das Interview findet am Vormittag statt, ich nahm einen frühen Zug nach Jerusalem über Tel Aviv. Der Weg in die Stadt, der Aufstieg durch die Berge, wird immer steiler, je näher man dem westlichen Stadteingang kommt. Auf der Autobahn umfährt man dieses Hindernis in scharfen Serpentinen, die in den Berg gemeißelt wurden und die die Autos und Busse hochschnaufen. Für die Züge, die aus Tel Aviv kommen, ist dies nicht möglich, und so schießen sie in den Berg hinein, achtzig Meter unterhalb des Straßenniveaus. Um aus dem Bahnhof zu gelangen, müssen die ankommenden Fahrgäste vier endlos wirkende Rolltreppen besteigen, die sich entlang futuristisch anmutender, silberglänzender Rohre erstrecken. An deren Außenseite sind Plakate angebracht, die das Jerusalemer Stadtleben, jüdische Motive oder die Errungenschaften der israelischen Bahn anzeigen. Diese sind jedoch nicht horizontal ausgerichtet, sondern parallel zum Geländer der Treppen, sie hängen also schief. So spüren die Fahrgäste, deren Sicht sich am Ende oder Anfang der Rolltreppe im Silberglanz der Rohre verliert, ein Gefühl von Vertigo: Sie wissen nicht mehr, wo oben ist, wo unten, sie kommen ins Schwanken, verlieren das Vertrauen in die eigene Wahrnehmung der Schwerkraft, des Raums.

Mir wird schwindlig, übel, ich versuche die Plakate zu ignorieren, orientiere mich an den Menschen, die vor und hinter mir auf den Treppen schwanken, sich so wie ich am Geländer festklammern. Am Ende der vierten Rolltreppe trete ich in die große Vorhalle des Bahnhofs, das berühmte Jerusalemer Licht fällt in fahlgelben Brocken durch die dreckigen Glasscheiben über mir. Eine weitere kurze Treppe entlässt mich auf die Straße, die kühle Luft bringt aber keine Erleichterung, sie riecht nach dem dichten Straßenverkehr, meine Übelkeit nimmt zu. Um mich herum ein Gewimmel von Soldat*innen, Polizist*innen, religiösen Jüd*innen unterschiedlichster Strömungen. Die Tourist*innen, die man normalerweise hier trifft – junge Backpacker mit abgenutzten Schuhen oder ältere Christ*innen, die Männer in karierten Hemden, die sich über runde Bäuche spannen, die Frauen meistens in längeren Röcken, alle mit Hut, darauf in beliebiger Kombination die Worte »Jesus«, »Israel« und »Love« –, die fehlen nun gänzlich im Straßenbild. Auch sind die palästinensischen Jerusalemer*innen nirgends zu sehen, die arabische Sprache nicht zu hören.

Der Weg zum Neubau der Nationalbibliothek, wo meine Interviewpartnerin gleich auf mich warten wird, führt durch das israelische Regierungsviertel mit dem Parlament, den Ministerien, der Zentralbank, dem Obersten Gericht. Überall hängen meterhohe Plakate in Blauweiß, die in unterschiedlicher Zusammensetzung eine Israelfahne und die Aufschrift »GEMEINSAM GEWINNEN« zeigen. An vielen Autos flattern blauweiße Plastikfahnen, die beim Vorbeifahren ein knatterndes Geräusch von sich geben, das die Luft durchschneidet. Vor mir sehe ich das Bürogebäude des Ministerpräsidenten. Es ist mit weißen Blechplatten umzäunt, auf denen die Bilder der Geiseln kleben, einzeln, in Gruppen. Einige sind abgerissen, es sind nur mehr ein Ohr, ein Kinn, ein paar Buchstaben des Vornamens übrig. Ich bleibe vor so einem Bildfragment stehen, versuche zu erraten, welche Geisel sich hinter den Papierfetzen verbirgt, werde aber vom schneidenden Geräusch der flatternden Fahnen weitergescheucht.

Je näher ich der Bibliothek komme, die direkt vor dem Parlament liegt, desto zahlreicher werden die Menschengruppen, die auf mitgebrachten Plastikstühlen sitzen oder neben weißen Zeltplanen stehen. Es sind Mahnwächter*innen, Demonstrierende, manche campieren hier seit den ersten Wochen des Krieges, andere sind in den letzten Tagen hinzugekommen. Eine Frau, die vor einem großen Transparent mit den Gesichtern und Namen aller Geiseln steht, schreit anklagend in ein Megaphon, das auf das Parlamentsgebäude gerichtet ist. Neben ihr steht ein Mann, der stumm ein selbstgebasteltes Plakat in die Höhe hält, das die Regierung als blutrünstig bezeichnet. Wenige Meter weiter drei Frauen hinter einem Plastiktisch, ihrem Aussehen nach nationalreligiös, die bunten Kopfbedeckungen, die in mehreren dünnen Lagen offenbar hochgestecktes Haar verbergen, stechen emsig in die Luft, während sie Infoblätter und Plakate auf dem Tisch sortieren. Hinter ihnen, auf einem großen Transparent, der Aufruf: SIEGEN, ENTSCHEIDEN, NICHT AUFHÖREN, DAS GEBIET SÄUBERN, TERRORISTEN TÖTEN. Darunter: Geiseln befreien.

Nun nimmt auch ein junger Mann, der sich zu den drei religiösen Frauen gesellt hat, ein Megaphon in die Hand und schreit hinein – nicht aufhören, um jeden Preis.

Um jeden Preis.

Um jeden Preis die Geiseln befreien, um jeden Preis den Krieg gewinnen, um jeden Preis. Mein Kopf wird immer schwerer, meine Übelkeit nimmt zu, ich drücke beide Hände gegen meine Schläfen, presse die Augen zusammen. Es scheint mir, als würden sich Menschenkreise um die beiden Gruppen bilden, Luftfiguren, halb durchsichtig. Sie reichen einander die Hände und drehen sich stumm durch die Luft, es sind die Menschenkreise des *Um-jeden-*

Preis, die noch leben und bereits tot sind, die Soldaten, die Geiseln, die Tausenden israelischen und palästinensischen Opfer, die Opfer dieses Krieges, die Opfer aller nächsten Kriege und Terroranschläge. Sie lauern, verdrängt hinter den Horizont des Bewusstseins. Man schaut sie nicht an, denn solange sie dort sind, diese Schrödinger-Palästinenser*innen und diese Schrödinger-Geiseln und diese Schrödinger-Soldat*innen und diese zivilen israelischen Schrödinger-Opfer, kann man jeden Preis schreien.

Aus den sich drehenden Menschenkreisen fassen Hände nach mir, ich nehme meine Hände von den Schläfen und strecke sie in die Höhe, sie werden gegriffen, ich werde in den Kreis aufgenommen, sehe, das Mädchen aus Gaza, das in deinem Traum nach Erdbeeren rief, ist ebenfalls da, auch die anklagende Frau und die emsigen nationalreligiösen Frauen und alle weiteren Demonstrierenden sind in diesem Kreis, die fehlenden Palästinenser*innen des Jerusalemer Straßenbildes, wir drehen uns stumm durch die Luft, auch von uns sieht man nur ein Ohr, ein Kinn, einige Buchstaben des Vornamens, wir sind auch zu Schrödinger-Figuren geworden. Noch am Leben, und bereits tot.

Sasha an Ofer — 1. Januar 2024

Es ist der erste Tag des Jahres, und ich weiß nicht, worauf hoffen. Aber hoffen müssen wir. Die Silvesternacht war schön, unsere Wohnung voller Leute – Menschen, die man gerne um sich haben will. Wir haben geredet, geredet, geredet und früh am Morgen noch einmal mit Marillenschnaps angestoßen (ein Überbleibsel Wiener Lebensart, ich hoffe, sie bleibt an mir kleben). Wir aßen Kürbissuppe, Apfeltarte und selbstgemachtes Himbeereis, wir fläzten auf den Sofas, flüsterten uns unsere Ängste und unsere Freuden und Sehnsüchte ins Ohr. Ein Freund, der gerade in Charkiw ist, schrieb: »Ich wünsche uns allen, dass wir nächstes Jahr nicht sagen müssen, 2023 war eigentlich ganz in Ordnung gewesen.« Der Himmel über Neukölln tätowiert mit Feuerwerk, die Kolonne der Polizeiautos fuhr so lange an unseren Fenstern vorbei, dass ich glaubte, in der Zeit sei ein Riss, alles stehe still, nur das Blaulicht strömt endlos in die Dunkelheit hinter dem Hermannplatz.

Die Bundesinnenministerin hat in den letzten Wochen so oft das Wort »Abschiebung« benutzt, dass man den Eindruck hätte bekommen können, wer an Silvester einen Böller zu viel zündet, verliert seinen Aufenthaltsstatus. So ist die Stimmung hier: Wer nicht stillhält, wird des Landes verwiesen. Du kannst die Nervosität der Menschen in den Straßen spüren.

Eine Freundin verlas in dieser letzten Nacht des Jahres den Live-Ticker, wo in Berlin gerade Silvester-Randale stattfand. Wo sich Menschen mit Schreckschusspistolen bekämpften. Ich erinnerte mich an den 1. Mai 2022, als ich einigen fassungslosen Frauen, die mit ihren Kindern vor der russischen Armee aus der Ukraine geflohen waren, zu erklären versuchte, warum Deutsche am Tag der Arbeit Autos anzünden, Barrikaden errichten, rote Fahnen (wahlweise mit Hammer und Sichel) über den Köpfen schwenken und glauben, das sei ein Beitrag zum Kampf für mehr Gerechtigkeit.

Wer schießt dieses Jahr in den Berliner Himmel, fragte ich mich. Worauf schießen sie? Und woran denken diese Leute dabei? Eine diffuse Wut entlädt sich in dieser Stadt, wenig zielgerichtet. Eine Druckwelle, die sich in den Körpern aufgestaut haben muss. Wie Elektrizität, die fließt. Wohin mit ihr? Mit all dieser Spannung.

Weil ich es schwer erträglich fand, dass du nicht mit uns auf einem der Sofas saßt, Marillenschnapsglas in der Hand, las ich deinen letzten Brief noch einmal, Ofer. Weißt du, woher ich das Bild von Schrödingers Juden kenne? Aus einem Essay von Esther Kinsky, er heißt *Gedankenspiele über Hoffnung*. Darin erzählt sie, wie sie in den neunziger Jahren in London in einem Büro des Jewish Refugee Comittee Suchanfragen nach verschollenen Verwandten bearbeitete. Sie saß ganz hinten in einem Kellerraum bei den Mikrofilmen, auf denen Dokumente und Unterlagen der dreißiger und vierziger Jahre gespeichert waren. Esther Kinsky suchte in ihnen nach Hinweisen auf Verschollene, nach irgendetwas, das sie den nach ihren Verwandten Suchenden hätte mitteilen können, die erst jetzt, ein halbes Jahrhundert nach der Shoah, ihre Suchanfragen in die Welt entsandten. In ihren Mittagspausen im Sandwichcafé fragte sich die Erzählerin: »Warum erst jetzt? Aus den Namen, Adressen und Jahreszahlen der letzten erinnerten Begegnungen hätte man eine endlose Litanei der Traurigkeit, Wehmut, der aufgeschobenen Trauer erstellen können. Wo hatten diese Namen und Daten im Leben der Briefeschreibenden gelegen, fünfzig Jahre lang?« Fünfzig Jahre. So lange haben die Suchenden ihre Hoffnung einer Gewissheit vorgezogen.

Ein Buch lang denkt Esther Kinsky über *Hoffnung* nach: »Der Mensch ist ein vorsichtig spekulierender Bittsteller gegenüber der Zeit«, heißt es an einer Stelle, und an einer anderen: »Die Erwartung eines Glücksorts in der Zeitferne jenseitiger Zukunft bindet das Potential zu Auflehnung und aktivem Widerstand gegen die Verhältnisse.«

Ich dachte viel über diesen Satz nach. Widerspruch, dachte ich, denn für mich ist Hoffnung auch Revolte gegen den Status quo. Ich hatte sie immer als eine treibende Kraft verstanden. Hoffnung muss verdient sein, sich ihr nur passiv hinzugeben, geht für mich nicht. Ich kann nicht zu Hause sitzen und hoffen, dass schon alles gut werden wird (wird es nicht). Aber ich kann, weil ich die Hoffnung hege, auch nur einem Menschen auf dieser Welt beizustehen, hinausgehen und damit zumindest der Möglichkeit auf Besserung einen Raum geben.

Mir gehen die Worte von Shaul Levy nicht aus dem Kopf, der, über achtzig, jeden Tag für die Freilassung seiner als Geisel festgehaltenen Enkelin demonstriert. Zusammen mit anderen Großeltern von Verschleppten lief er 120 Kilometer von Jerusalem bis an den Grenzzaun zum Gazastreifen. Dort hätten die Alten gerufen, man möge sie statt ihrer Enkel nehmen, hieß es in einem Artikel. Shaul Levy sagt: »Es gibt Hoffnung auf Frieden. Nein, keine Hoffnung, eine Gewissheit! Dass wir zurückfinden werden, zu unserem Weg.«

Woher nimmt er diese Gewissheit? Und: wie kann ich von ihm lernen? Ich will auch Teil dieses Widerstands sein. Alles andere (Aufgeben, Mutlosigkeit) scheint mir ein Privileg und Zeitverschwendung. In dem Artikel stand auch, Levy habe bis zum 7. Oktober jede Woche gegen die Regierung Netanyahu demonstriert.

Ich weiß noch, wie du einen Monat vor dem Massaker der Hamas hier bei uns am Esstisch in Berlin saßt. Wie dir auch eine Gewissheit ins Gesicht geschrieben stand. Eine der Freundinnen, die wusste, wie aktiv du an den Protesten gegen die Justizreform beteiligt bist, forderte dich heraus. Bevor die Regierung in Israel fällt, sagte sie, bricht eher ein Bürgerkrieg aus. Und du antwortetest sinngemäß: »Wir werden gewinnen. Wir stehen zusammen, Seite an Seite. Palästinensische Kräfte und jüdische. Wir können uns die Zukunft nur gemeinsam vorstellen, und darum werden wir siegen.«

Ich habe dich angeschaut und gedacht, so sieht Entschlossenheit aus. Und was ist Hoffnung wert ohne Entschlossenheit.

Ich dachte auch an all die Freund*innen in anderen Regionen der Welt, in der Ukraine, der Türkei, den USA, die mir stets versicherten, Pessimismus könnten sie sich nicht leisten. Sie haben keine Zeit für Mutlosigkeit. Für sie war und ist Hoffnung in der Tat – auch – Widerstand gegen die Verhältnisse, Revolte. Sie trotzen damit der Repression, dem Autoritären. Sie sind keine »vorsichtig spekulierenden Bittsteller gegenüber der Zeit«. Sie fordern ihr Recht ein. Es kommt für sie nicht in Frage, aufzugeben.

Es ist der erste Tag des Jahres, und ich weiß nicht, worauf hoffen, aber hoffen müssen wir. Als Mittel gegen die Angst, gegen die Schwerkraft der Geschichte. Ich sitze hier am Fenster und schaue dem Blaulicht zu, das in die unendliche Dunkelheit strömt.

Ich möchte, dass du bald wieder an unserem Esstisch sitzt. Ich erwarte nicht, dass du wieder so entschlossen schaust. Ich erwarte gar nichts von dir. Aber das hier, das ist meine Einladung zur Revolte.

Ofer an Sasha — 5. Januar 2024

Morgen gehe ich mit N. ins Konzert, auf dem Programm stehen Barbers Violinkonzert und Mahlers 4. Sinfonie. Es ist Teil des Geburtstagsgeschenks, das ich mir jedes Jahr von meinen Eltern wünsche: ein Konzertabonnement für einen Erwachsenen und ein Kind. Ich nehme abwechselnd eines der Kinder mit (G. kann ich damit jagen), überlege mir davor, welches Programm welches Kind anspräche. Diesmal nehme ich N. mit. Das wie höflicher Irrsinn klingende Selbstgespräch Mahlers könnte gut zu ihr passen. Die Kinder kommen gerne mit, das Sich-fein-Machen freut sie und auch, dass sie im Zentrum meiner dankbaren und ungeteilten Aufmerksamkeit stehen, dazu winkt die Aussicht auf eine Süßigkeit in der Konzertpause und auf die vergnügten Blicke der restlichen Besucher*innen, fast allesamt gut über siebzig. »So muss es sein«, strahlte einmal eine ältere Dame N. und mich an, nachdem sie ihren Rollator in der dicht besetzten Reihe der anderen Gehhilfeapparate geparkt hatte, »das ist die Zukunft.« Und ich dachte, das ist was anderes, das ist eher das Bedürfnis, der Zukunft einen Teil ihrer Ungewissheit abzuschneiden: zu mutmaßen, zu hoffen, dass auch in fünfzig, sechzig, siebzig Jahren Mahlers 4. im Auditorium auf dem Carmel-Berg erklingt, während N. mit ihren Kindern und Enkeln dort vergnügt zuhört.

Das erste Konzert der diesjährigen Saison wurde wegen des Krieges abgesagt. Das zweite wurde zwar gespielt, aber unter Auflagen – ohne Pause (also ohne Süßigkeit) und vor einem kleineren Publikum, sodass im Falle eines Raketenangriffs weniger Menschen in Gefahr gerieten, weil das ältere Publikum es unmöglich rechtzeitig in den ohnehin zu kleinen Schutzbunker des Saales schaffen würde. Auf dem Programm standen Debussys *Prélude à l'après-midi d'un faune* und Brahms' 2. Sinfonie. Ich nahm diesmal O. mit, von allen Kindern ist sie für Schwärmereien am empfänglichsten (so wie ich es mal war). Das Orchester nahm seinen Platz ein, das Publikum ebenfalls, die hilflose Ansage, alle Mobiltelefone auszuschalten, verklang bereits. Dann erschien der Dirigent, es wurde vorsichtiger, leiser applaudiert als sonst (Konzerte in Zeiten des Krieges, ein bekanntes Thema). Er schritt auf das Podium, doch anstatt der Flöte das Zeichen für Debussys erste Töne zu geben, richtete er seinen Stab auf den Pauker, der darauf einen Wirbel spielte. Ich glaube, ich bin als Erster im Publikum zusammen mit den Musiker*innen auf der Bühne aufgestanden, der Instinkt des ehemaligen Orchestermusikers (vom Jugendorchester über die Militärkapelle bis hin zum Opernorchester) lebt in mir fort, beim Paukenwirbel, der ja die israelische Nationalhymne *HaTikwa* (»Die Hoffnung«) ankündigt, aufzustehen. Langsam, mit großer Mühe und unter Ächzen und Stöhnen, mit dem Erdbeben unserer Zeit unter den Füßen, erhob sich der ganze Saal, die Köpfe ein glitzerndes Silbermeer, und stimmte mit brüchiger, belegter Stimme in die Hymne mit ein, die offenbar wegen des Krieges gespielt wurde. Sasha, ich habe die ersten zwei, drei Wörter geschafft, bevor meine Stimme wegbrach, während O.s Hand sich in die meine schob und meine rasenden Gedanken sich überschlugen.

In Mahlers 4. Sinfonie, die wir morgen hören, wird von einer Sängerin mit heller Stimme (manchmal auch von einem jungen Knaben) ein leicht veränderter Textauszug aus *Des Knaben Wunderhorn* gesungen:

Wir genießen die himmlischen Freuden,
D'rum tun wir das Irdische meiden.
Kein weltlich' Getümmel
Hört man nicht im Himmel!

Wie gerne würde ich das »weltlich' Getümmel« überhören, »das Irdische« meiden. Wir, Sasha, du und ich, schreiben oft von der Shiva. Von diesem sehr weisen Brauch, nach dem Tod einer Person sieben Tage zu sitzen (»Shiva« bedeutet wortwörtlich »sieben«), die Zeit für sieben Tage anzuhalten, aus der Welt auszutreten und sich der Trauer hinzugeben, Kondolenzbesucher*innen zu empfangen, Bilder und Geschichten über den Toten auszutauschen. Das Ritual der Shiva hat klare, feste Regeln. Die letzte heißt: Von der Shiva aufstehen. Sich erheben. Nach sieben Tagen steht man also auf und kehrt in die Welt zurück. Es gibt noch weitere Trauerbräuche, aber die akute Phase des Trauerns wird, so steht es geschrieben, auf sieben Tage begrenzt. Ich gebe aber zu, Sasha: Seit drei Monaten schaffe ich es nicht (und viele andere ebenso wenig), von der Shiva aufzustehen. Bei jedem Versuch meldet sich der 7. Oktober und zieht mich in den Abgrund zurück. Und die Welt dreht sich weiter, der Abgrund wird immer tiefer, die Geiseln, misshandelt und hungernd, verrecken im Kerker der Hamas, die Zahl der Toten in Gaza steigt und steigt, der Horizont um Israel verdunkelt sich, und die Regierungsbestie hat sich aus der Schockstarre befreit und wütet wieder.

Aber auch unsere Briefe, Sasha, zeigen, dass die Zeit fließt. Sie zeichnen einen Weg. Eine Bewegung, und sei es die Bewegung des Schreibens, von der Shiva zurück in die zerbrochene Welt. Ich gehe diesen Weg Brief für Brief, über all die Scherben, bis ich bei deinem letzten Brief ankomme. Bei deiner Aufforderung zur Hoffnung. Ich erinnere mich an eine Stelle bei Hannah Arendt, die ungefähr so geht: Die Möglichkeit von Freiheit besteht auch darin, keine Gefangenen unserer vergangenen Taten, der endlosen Kette des bereits Geschehenen zu sein. Und dass diese Freiheit weiter auch darin besteht, dass wir uns Versprechen geben, die die Ungewissheit der Zukunft (unserer finsteren) ein Stück weit aufhellen.

Die zerbrochene Welt meldet sich, sie meldet sich auch durch deine Briefe. Du flüsterst darin immer eindringlicher: Wir dürfen uns der Welt nicht entsagen, genauso wenig wie wir uns der Verstrahlung des Schreckens hingeben dürfen, selbst wenn unsere Seele dahin gezogen wird.

Morgen gehe ich also mit N. ins Konzert. Wir werden den Wirbel der Pauke spüren, dann hören und dann, Hand in Hand, mit allen Greis*innen gemeinsam aufstehen. Der strahlenden Dame, die zu N. sagen wird, »du bist die Zukunft«, werde ich in der Konzertpause ebenfalls eine Süßigkeit kaufen.

Ich verspreche es dir, Sasha.

Sasha an Ofer — 7. Januar 2024, drei Monate danach

Wir wissen von Menschen, die sich in Extremsituationen damit helfen, dass sie Gedichte aufsagen, die sie als Kind oder in der Jugend auswendig gelernt haben. Neulich habe ich mich gefragt, ob es einen Zeitpunkt gibt, an dem es zu spät ist, das zu tun. Nicht weil man sich die Verse nicht mehr merken kann, sondern weil sich die Gedichtzeilen nicht mehr einschreiben in die eigene emotionale DNA. Sie bleiben Melodie, bloßer Klang, ein Versuch, zu beeindrucken. Sie sind nicht verbunden mit einem existenziellen Moment des Großwerdens, des Hineinwachsens in die Welt, bleiben Glitzer, den man sich in die Ohrläppchen sticht und wofür man auf Komplimente wartet, und wenn nicht darauf, dann zumindest auf das Sonnenlicht, das sich in den Steinchen reflektiert.

Jedenfalls habe ich in den letzten drei Monaten jede Woche ein Gedicht gelernt. Eigentlich wollte ich mir jeden Tag oder zumindest alle paar Tage neue Verse vornehmen, aber mein Gehirn machte nicht mit. Ich war auf merkwürdige Weise unempfänglich, als hätte ich mich selbst ausgesperrt und fände den Schlüssel nicht. Ich sah meine Umwelt durch ein dickes Schaufensterglas und wusste nicht, ob meine Liebsten mich hören konnten, wenn ich versuchte, mich verständlich zu machen. Plop plop, ich machte den Mund auf, plop plop, wieder zu. Das Einzige, was ging, war schreiben und Gedichte lesen. Ich kann jetzt zehn oder elf auswendig. Mehr oder weniger. Ich habe nicht sofort nach dem Massaker mit dem Lernen angefangen. Etel Adnans *Zeit* nahm ich überallhin mit, wohin ich auch ging, ins Kaffeehaus und auch in die Tram.

Eines meiner Lieblingsgedichte aus dem Band geht so:

…
die Farbe des Pazifiks noch immer
in meinen Augen, begrub ich
das Wesentliche und das Unwesentliche. dies
Glück wird meinen Tod überleben

mein Freund Khaled schickt mir Postkarten
mit Palmen, da er weiß, dass
Europa mit verbranntem Benzin überzogen ist

Ich sage mir Etel Adnans Zeilen oft vor. Jedes Mal wenn ich die Route der Raketen nachzuvollziehen versuche, die auf Israel fliegen. Ich starre auf die roten Verortungspunkte auf den Karten und versuche zu verstehen, wie weit von dir und euch entfernt sie abgefangen wurden. Und auch jedes Mal wenn ich die Bilder des zerbombten Gaza sehe. Dann spreche ich ein Gedicht, sage es auf, wiederhole es. Dann schaue ich wieder auf die Karten. Wobei, das ist gelogen, Ofer. Ich wünschte, ich würde es tun, ich wünschte, ich würde in diesen Augenblicken Gedichte aufsagen. Darum habe ich sie ja gelernt. Aber wenn ich die Fotos, die Abbildungen des Schreckens sehe, vergesse ich alles. (Für einen Moment vergesse ich, zu atmen.) Erst wenn die Panik nachlässt, fallen sie mir wieder ein. Und es hilft. Sie worten mich in die Welt zurück. Und dann schreibst du etwas Tröstliches, und es geht schon. Du bist, um es mit Etel Adnan zu sagen, mein Freund Khaled, der mir Postkarten schickt.

Ich finde es beruhigend, dass du mit den Kindern in Konzerte gehst. Irgendwie müssen diese Orte der Schönheit in uns bewahrt werden. Immer schon hat man in den Ruinen zerstörter Städte Theater gespielt, in Psychiatrien wurden Texte für die Ewigkeit verfasst. In Gefängnissen. Während der Kriege. Kunst ist der Beweis, dass es uns gibt. Oder: Kunst ist der Beweis, dass es uns einmal gegeben haben muss.

Vor ein paar Wochen war ich bei einem Autor*innentreffen, das Literarische Colloquium Berlin hatte eingeladen, es ging um Utopien. Die Bäume am Ufer des Wannsees waren kahl, rostbraun. In der Mittagspause klammerten sich die Mitarbeiterinnen des Hauses an improvisierte Plastikuntersetzer und rodelten damit den verschneiten Hang hinunter zum See. Sie kreischten vor Vergnügen und lachten, kamen dem Wasser sehr nah. Wir saßen im Wintergarten und blinzelten in die Mittagssonne. Wir, das waren Autor*innen aus dem sogenannten Osteuropa. Belarus, Litauen, Polen, Ukraine, Moldawien. Aber auch Kroatien, Kurdistan und Berlin. Also ein weites Spektrum »Osten«. Wenn ich benennen müsste, was wir gemeinsam haben, so ist es eine spezifische Form von Traurigkeit. Eine der Kolleg*innen sagte in ihrer Eröffnungsrede, Osteuropa wäre niemals wie ihre Schwester Europa auf den Rücken des Stieres gestiegen, um entführt zu werden: »Osteuropa wäre dafür zu ernst. Sie wäre bereits etwas erfahrener, etwas verbitterter als Europa und würde wissen, dass das Spielen an Stränden zu gefährlichen Begegnungen führen kann. Sie ... würde vielleicht überhaupt nicht auf den Stier reagieren.« Ich finde, das beschreibt unser Gemeinsames sehr gut. Diese Grundhaltung zur Welt, die sich nicht, auch nicht für amouröse Abenteuer, zu Illusionen hinreißen lässt. Dafür ist schon zu viel passiert. Osteuropa schaut mürrisch zu ihrer Schwester Europa hinüber, die freiwillig auf den Rücken des Stieres hüpft, und denkt sich: »Schwester, hättest du nicht aus meinen Fehlern lernen können? Ist mir nicht genug Schreckliches widerfahren? Du hast weggeschaut, als ich um Hilfe gerufen habe. Und jetzt – wer wird dich jetzt schreien hören?«

Es war schön mit den anderen Autor*innen. Ich wünschte, du wärst dabei gewesen, Ofer. Eine Kollegin sprach lange über den kurdischen Widerstand und appellierte am Schluss an alle, dass wir die Kunst in uns vor diesem Bombardement, das die Wirklichkeit darstellt, schützen müssen. Dass wir uns unsere jeweiligen Sprachen bewahren müssen. Und ich dachte daran, wie die russische Armee ganz gezielt ukrainische Museen in Brand setzt, Kirchen zerstört, Friedhöfe schändet. Wie Kunst und Kultur oft im Zentrum eines Angriffs stehen, weil so die Spuren der Menschen endgültig verwischt werden. Wie also unsere Geschichten, unsere Lieder und unsere Gedichte bewahren? Mit den Kindern ins Konzert zu gehen ist wohl eine der Möglichkeiten.

Ich weiß, dass meine Realität sehr anders ist als deine und N.s und O.s, ich bin weit weg und unter nicht vergleichbaren Bedingungen aufgewachsen, aber die Vorstellung, zur Nationalhymne aufstehen und mitsingen zu müssen, auch wenn die Hymne *HaTikwa*, also *Hoffnung* heißt, entmutigt mich. Das sind nicht die Verse, die ich in Extremsituationen parat haben möchte. Nation hat für mich immer einen schiefen Klang, egal, wer singt. Ganz gleich, wie melodisch – auch wenn ich verstehe, dass der Gesang eines Meeres aus Silberköpfen nach einem Terroranschlag etwas anderes ist als das misstönige Gegröle, vor dem es mir hier in Europa graut. (Aber ist es das?)

Mein Freund Khaled, weißt du, Europa reitet gerade auf dem Rücken eines Stieres, der sie entführen will. Sie lacht dabei. Sie übergießt sich mit Benzin und gibt sich selbst mit lässiger Geste Feuer. Du kennst Benzingeruch – man kriegt ihn, hat man ihn einmal in den Kleidern, nicht mehr heraus. Jeden Morgen wachen wir hier damit auf. Wenn ich mir vorzustellen versuche, welchen Geruch das Wort *Nation* hat, dann diesen: Benzin. Benzin und Ruß, etwas Verkohltes.

Ich glaube, es war ein Fehler, nach meiner Rückkehr aus Wien nach Berlin damit aufzuhören, Gedichte auswendig zu lernen. Ich glaube, es wird noch eine Menge Anlässe geben, zu denen wir uns gegenseitig Verse aufsagen, um uns Mut zu machen.

In einem anderen Gedicht von Etel Adnan heißt es:

es ist nicht nötig, die zu fürchten,
die unseren Ungehorsam verhöhnen,
die Besiegten haben immer das
letzte Wort

Und weiter:

der Traum hat niemals Wände,
und dort ist es nie kalt

… und meine Schatten erstrecken sich
über meinen Körper, während er schläft,
und der Himmel ist nicht mehr blau, und
das Licht wartet

Dazu stehe ich auf.
Und flüstere die Verse.

Ofer an Sasha — 12. Januar 2024

Ich wollte die hebräische Ausgabe deines ersten Buchs kaufen, »לא רחוק מעצמך« heißt es, eine ziemlich gute Übersetzung des Titels *Außer sich*, finde ich. Für meine Familie und meine Freund*innen ist die deutschsprachige Ausgabe, die du mir über einen Freund nach Israel geschickt hast, nicht verständlich, genauso wenig wie die Worte, die wir uns hier schreiben. Ich habe mich also gefreut, als ich die hebräische Übersetzung von *Außer sich* entdeckt habe, sodass G., meine Eltern und einige Freund*innen hier zumindest eine Ahnung davon bekommen, mit wem ich seit nun drei Monaten unaufhörlich schreibe.

Eine kurze Suche ergab, dass der nächste Laden, der das Buch vorrätig hat, »Goldmund« heißt und sich in Haifa befindet, auf dem Shuk Talpiot. Ich vergewisserte mich, dass er geöffnet hat, tippte »Goldmund« ins Navi und fuhr los.

Es gibt nur zwei Städte, in denen ich auf das Navi verzichte, Jerusalem und Berlin. Nicht, dass ich mich dort nicht verfahre oder verlaufe, aber mein Stolz verbietet es mir, zumindest innerhalb des S-Bahn-Ringes bzw. innerhalb der grünen Linie auf die Karte zu schauen, bevor ich nicht zumindest versucht habe, meine Vertrautheit mit dem Ort (vor allem mir selbst) zu beweisen. Dafür verwende ich das Navi in anderen Städten wie Nürnberg oder Tel Aviv sogar für kürzeste Strecken, auch wenn ich sie eigentlich kenne. Oder in Haifa. Zu Haifa muss man aber sagen: Es ist eine unmögliche Stadt, um sich zu orientieren, selbst für Einheimische. Haifa liegt dort, wo der nordwestliche Teil des Carmel-Bergs, der wie eine halb auf die Seite gedrehte, leicht gewölbte Hand mit zusammengepressten

Fingern wirkt, in das Mittelmeer ausläuft. Zwischen den Fingern sind Täler eingeschnitten, die zwar grün und schön sind, dich aber daran hindern zu verstehen, wo das Meer ist, wo die Sonne, wo West und Süd. Eine permanente Desorientierung. Und da sich die Stadt, vom Hafen über die Altstadt bis hin zu den nobleren Gegenden auf den Berghängen, an die steile Bergtopografie schmiegt, gibt es in ganz Haifa keine einzige Straße mit geradem Verlauf. Es gibt auch kaum einen Punkt, von dem aus man eine Übersicht des Ganzen bekommt oder, wie Michel de Certeau schreibt, die klare Grammatik der Stadt erkennen kann, bevor man sie durch Slang, durch die Umgangssprache des Gehens (oder eben des sich Verlaufens) herausfordert. Vielleicht gibt es diese Übersicht vom Meer aus, oder aus der Luft, aber nicht, wenn man wie ich mit dem Auto in die Stadt fährt. Selbst wenn ich für einen kurzen Moment glaube zu wissen, wo ich bin, spielt diese Stadt mit mir »Blinde Kuh« und verweist mich zurück auf die Verlässlichkeit meines Navis.

Ich fuhr also los, es war später Vormittag, eine verkehrsarme Zeit, ich bin in zwanzig Minuten da, dachte ich. Bald erreichte ich die Schnellstraßenauffahrt Richtung Haifa, blieb an der Ampel stehen und schaute auf das Navi, das mir eine Fahrzeit von sechs Stunden und zweiunddreißig Minuten anzeigte und eine Entfernung von 376 Kilometern. Ich hielt am Straßenrand an, prüfte noch einmal die Angaben. Das Ziel war richtig, »Goldmund 2nd hand books« in Haifa. Der angezeigte Startpunkt lag jedoch nicht in קריית טבעון (Kirjat Tivon), Israel, sondern in بيروت (Beirut), Libanon. Ich wollte schon immer nach Beirut, ins »Paris des Orients«, wie es immer heißt, und tatsächlich liegt es nur etwas mehr als 100 Kilometer entfernt (als der Hafen dort 2020 explodierte, war der Knall bis hierher zu hören), aber für mich als israelischen Staatsbürger ist es schwerer zu erreichen als der Mond. Das Navi zeigte sich allerdings einfallsreich, vielleicht weiß es um den deutschen Pass, den ich neben dem israelischen besitze, und schlug statt der schnellen Route entlang der Mittelmeerküste, die zum israelisch-libanesischen Grenzübergang führt, über den nur UN-Personal oder ausgetauschte Geiseln kommen, die folgende Route vor: Von Beirut den Damascus International Highway nehmen über die Bakaa (»du bist bald in Syrien«, sagt das Navi, ich spüre die Aufregung in mir aufsteigen), dann Damaskus südlich umfahren (was würde ich wohl durch das Autofenster sehen? Olivenbäume? Berge? Felder? Die Ruinen des Bürgerkriegs wahrscheinlich), dann an Khirbat Razaleh und Saida vorbei (»du bist bald in Jordanien«), dann إربد (Irbid) in Jordanien ansteuern (Namen, die ich aus Erzählungen geflüchteter Syrer*innen in Berlin kenne), von dort wieder Richtung Westen die Sheikh Hussein Bridge über den Jordan nehmen (das Navi sagt weder »du bist bald in Israel« noch »du bist bald in Palästina«; ein realpolitisches Navi also), und dann ganz einfach, Beit Shean, Tivon, Haifa, »Goldmund 2nd hand books«. Du hast dein Ziel erreicht. Ich erwachte aus dem Navi-Traum, rief einen anderen Kartendienst auf, er sagte mir ebenfalls, ich sei in Beirut. Ich suchte nach der Ursache des Problems und wurde auf einer Nachrichtenseite im Netz schnell fündig: Da die Terrormiliz Hisbollah seit Kriegsausbruch fast täglich Drohnen und GPS-gesteuerte Raketen auf Israel abschießt, hat das Land einige strategische Bereiche – wie die Gegend um den Hafen von Haifa mit seinen Ölraffinerien und militärischen Anlagen – mit mächtigen GPS-Störsendern versehen.

Mir blieb also nichts übrig, als Ausgangs- und Ankunftsort manuell einzutippen, mir die Straßennamen zu merken, auf Straßenschilder zu achten, hier und da anzuhalten und zu fragen.

Nach einer Dreiviertelstunde betrat ich den Laden, in dem mir der gute Geruch von Kaffee und Büchern entgegenschlug. Zuerst fragte ich den jungen Verkäufer mit der fast durchsichtigen Haut und den schwarzen Bartstoppeln, wieso der Laden »Goldmund« heißt, und er sagte, der Besitzer sei ein Verehrer von Hermann Hesse. Ich bin also am richtigen Ort, begriff ich, erzählte dann dem jungen Mann von der Edelkastanie, die am Anfang von *Narziß und Goldmund* wächst und die ich auch vor meinem Haus eingepflanzt habe: »Vor dem von Doppelsäulchen getragenen Rundbogen des Klostereinganges von Mariabronn, dicht am Wege, stand ein Kastanienbaum, ein vereinzelter Sohn des Südens ... Fremd und zärtlich ließ der schöne Baum seine Krone überm Eingang zum Kloster wehen, ein zartgesinnter und leicht fröstelnder Gast aus einer anderen Zone ... geliebt von den Welschen und Lateinern, von den Einheimischen als Fremdling begafft.«

Der Verkäufer wartete höflich, bevor er mich fragte, ob er mir helfen könne. Ich fragte nach deinem Buch, er tippte etwas in den Computer, sagte ein knappes »Ja«, stand auf und ging mit mir zum Regal »Belletristik – Übersetzungen«, zum Buchstaben »ז«. Und da stand dein Buch, Sasha, zwischen »הבושם« (*Das Parfum*) von Patrick Süskind und »השיטפון« (»Наводнение«, *Die Überschwemmung*) von Jewgeni Iwanowitsch Samjatin.

Als ich wieder zu Hause war, sah ich, dass du mir eine Nachricht geschickt hattest. Darin erzählst du von einem serbischen Freund, der dich neulich in Wien gefragt hatte, in welcher Sprache wir unsere Korrespondenz schrieben. Du hast geantwortet – und warst dabei genauso überrascht wie er: auf Deutsch.

Sasha an Ofer — 14. Januar 2024

Was ich von Beruf sei, wollte der Uber-Fahrer wissen, der versuchte, mich zum *Haus des Rundfunks* nach Charlottenburg zu bringen. Wir waren spät dran, die Straßen verstopft mit hupenden Autos, überall blinkten die Warnlichter. Ich sollte an einem Gespräch zum Thema *Freundschaft* teilnehmen und hatte mich darauf vorbereitet, zusammen mit einer Kollegin über Hannah Arendts These nachzudenken, dass man die Menschlichkeit nicht an der Brüderlichkeit erkenne, sondern an der Freundschaft. Was das für mich bedeutet und wie ich es zu leben versuche. »Denn menschlich ist die Welt nicht schon darum, weil sie von Menschen hergestellt ist, und sie wird auch nicht schon dadurch menschlich, dass in ihr die menschliche Stimme ertönt, sondern erst, wenn sie Gegenstand des Gesprächs geworden ist. Wie sehr wir von den Dingen der Welt betroffen sein mögen, wie tief sie uns anregen und erregen mögen, menschlich werden sie für uns erst, wenn wir sie mit unseresgleichen besprechen können.«

Aber es sah nicht so aus, als würde ich es heute in den Rundfunk schaffen. Die Aufzeichnung des Gesprächs sollte jeden Augenblick beginnen, wir standen im Stau. Hupen. Lichter. Ich trommelte angespannt auf den kalten Ledersitz.

»Ich bin Schriftsteller*in«, sagte ich.

Der Fahrer drehte sich zu mir um und fragte, über welche Themen ich denn schriebe, und ehe ich etwas sagen konnte, erzählte er schon von seiner achtzehnjährigen Tochter, die angefangen habe, Theaterstücke zu schreiben. »Aber auf Türkisch. Und was soll sie hier damit? Wir sind erst vor vier Jahren aus der Türkei geflohen. Wer braucht schon Türkisch?«

Ich ermutigte den Fahrer: Hauptsache, die Tochter schreibt. Sie kann sich später ja die Sprache aussuchen, aber anfangen muss man in der Muttersprache. Ich hatte ja auch auf Russisch angefangen.

Der Fahrer verrenkte sich erneut nach hinten, fast wäre er bei mir auf der Rückbank gelandet. »Sie sprechen Russisch?!«, rief er aus – und wechselte sofort die Sprache. Er habe in Russland, in Rostow am Don, Russische Literatur studiert. Dort habe er auch seine Frau kennengelernt, zusammen seien sie in die Türkei gezogen. »Und wissen Sie, wie ich meine Frau überzeugt habe, mit mir zu gehen?« Und dann fing er an – ich schwöre dir, Ofer, das ist wirklich so passiert –, er fing an, russische Liebeslyrik zu rezitieren. Я вас любил: любовь еще, быть может, в душе моей угасла не совсем; Но пусть она вас больше не тревожит; Я не хочу печалить вас ничем. (Ich liebte Sie: Vielleicht ist dieses Feuer / In meinem Herzen noch nicht ganz verglüht; / Doch Ihre Ruh ist mir vor allem teuer; / Durch nichts betrüben will ich Ihr Gemüt.) *Eugen Onegin*. Ausgerechnet. Und: Мороз и солнце; день чудесный! Еще ты дремлешь, друг прелестный — (O, Frost und Sonne! Welch ein Morgen! / Noch schlummerst du, mein Schatz, geborgen –), noch mehr Puschkin.

Die Moderatorin der Freundschaftssendung rief an. Wo ich denn bliebe. Meinen Uber-Fahrer beeindruckten meine wortreichen Entschuldigungen am Telefon nicht, er rezitierte weiter russische Gedichte. Ich versuchte der Frau meine Lage zu erklären, aber ich muss mich wirr angehört haben, ich glaube, mir gingen die Sprachen und die Zeiten durcheinander. Die Moderatorin noch in der Leitung, erinnerte ich mich an meinen ersten Brief an dich, in dem ich versprach, meine Hände auf deine Ohren zu legen, Lieder zu summen und Gedichte aufzusagen. Ich weiß kaum mehr, was seither alles passiert ist. Es fühlt sich an, als seien wir bei einem schrecklichen Unfall, einer menschengemachten Katastrophe, im selben Auto gesessen. Wir haben uns diverse Knochen gebrochen. Und einige deiner Knochen sind bei der Heilung mit meinen zusammengewachsen. Und da sind wir nun.

»Warum sind Sie aus der Türkei weggegangen?«, erlaubte ich mir meinen Puschkin zu fragen, nachdem die Moderatorin aufgelegt hatte.

»Erdoğan«, gab er knapp zurück, dann sprach er weiter von Lyrik.

Ich unterbrach ihn erneut: »Und was hält Ihre Frau von Putin?«

Der Fahrer schaute in den Rückspiegel, als könne er nicht glauben, dass ich seine Liebesverse nicht hören wollte und ihm darum ständig ins Wort fiel.

»Sie hasst ihn. Will ihn tot sehen.«

Aber wenn du glaubst, Ofer, dass ihn meine Fragen abgekühlt hätten, dann täuschst du dich. Stoisch hielt er eine Stunde lang durch. Eine Stunde Gedichte. Und ich – ich gebe es zu – beneidete ihn am Ende maßlos.

Von diesem Fahrer erzählte ich E. am Abend in der *Yuma Bar*. E. und ich kennen uns aus meiner Zeit in Istanbul. Damals sind wir gemeinsam auf jede Demonstration gegangen. E. war das Gesicht der queeren Bewegung. Sie gab Interviews, schrieb Theaterstücke, Pamphlete, Flugblätter.

Sie organisierte Sitzstreiks gegen Massenverhaftungen. Sie ließ keine Zweifel aufkommen, dass der feministische Kampf siegreich sein werde. Diesen Satz, den ich einmal in einem Brief an dich zitiert habe, dass wir uns Pessimismus nicht erlauben können, erinnerst du dich?, den habe ich von E. Sie sagte damals, in Istanbul, sinngemäß: »Sasha, I don't have time for despair. I have too much to lose. Simply everything.«

E. war überraschend auf der Geburtstagsfeier einer gemeinsamen Freundin in der *Yuma Bar* aufgetaucht. Ich wusste nicht, dass sie hier war. Vor Jahren hatten wir uns anlässlich einer Dramatiker*innen-Werkstatt in einem Berliner Theater getroffen. Die Teilnehmenden des Workshops hatten einen bunten Strauß an Pässen vorzuweisen: israelisch, iranisch, russisch, ukrainisch, deutsch und türkisch. Die Idee war, gemeinsam Theatertexte zu schreiben und damit durch die Länder der jeweils anderen zu touren. Heute kann ich nur den Kopf über meine Naivität schütteln (ich hatte den Antrag für diese Werkstatt gestellt), aber damals dachte ich, dass es doch gehen könnte. Ich weiß selbst nicht, warum. Dass jemand mit einem israelischen Pass im Iran ein Theaterstück zeigt und umgekehrt. Es muss eine Art kindliche Sturheit gewesen sein, ein trotziges Insistieren, dass wir uns Pessimismus eben nicht leisten können, und dabei habe ich Pessimismus und Realismus verwechselt. Die Werkstatt hieß »Krieg im Frieden«. Bereits bei den ersten Reisevorbereitungen wurde uns klar: der einzige Ort, an dem wir uns mit unseren israelisch-iranisch-russisch-ukrainisch-deutsch-türkischen Pässen treffen können, war Berlin. Und so endeten all unsere Workshops in der immer selben Kneipe in Neukölln, wo wir darüber witzelten, in welchem Gefängnis wir jetzt jeweils in unseren sogenannten Heimatländern für welches Vergehen sitzen würden.

An dem Abend in der *Yuma Bar* sagte E., sie gehe nicht mehr zurück nach Istanbul. Ihre Partnerin käme bald nach. Sie suchen eine Wohnung. Lernen die Sprache.

»It's over. Turkey is over«, sie kramte ihre Zigaretten aus der Tasche. Ich wusste, dass sie vor Jahren mit dem Rauchen aufgehört hatte, aber ich sprach sie nicht darauf an. Ich erzählte von dem Uber-Fahrer und davon, dass seine achtzehnjährige Tochter Theaterstücke schreibt und dass mir das Mut macht. Ganz gleich, wie schlimm die Lage ist – Leute schreiben. Ist das nicht großartig? Und vor allem, dass es Theaterstücke sind, in denen sich die junge Frau ausdrückt. Damit habe ich auch, mit sechzehn oder siebzehn, angefangen.

»So, what did you tell on the radio about friendship?« E. zog an ihrer Zigarette.

Ich hatte es am Ende doch noch ins *Haus des Rundfunks* geschafft. Mit fast einstündiger Verspätung, aber sie hatten mit der Aufzeichnung des Gesprächs auf mich gewartet.

»That friendship is a language«, antwortete ich.

Deshalb, Ofer, weiß ich nicht, ob die Sprache, in der du und ich miteinander reden und uns schreiben, wirklich Deutsch ist. Wir sind Schriftsteller*innen, wir kommunizieren immer in etwas anderem als in Nationalsprachen. Das hätte ich meinem Puschkin-Fahrer sagen sollen zu seiner Sorge, dass die Tochter in einer, wie er es formulierte, unnützen Sprache schreibt. Sie schreibt in der einzig richtigen: in der Ich-sehe-was-geschieht-Sprache.

Ofer an Sasha — 18. Januar 2024

Viele kleine Sequenzen gehen mir durch den Kopf, ich habe mich gefragt, wie ich sie dir alle aufschreibe, Sasha. Zuerst hatte ich das Bild eines Pendels, das aber nicht zwischen zwei Punkten hin- und herschwingt, sondern in alle Richtungen ausschlägt. Dann dachte ich: Nein, es sind viele Pendel, die alle gleichzeitig und am gleichen Ort schwingen, gegeneinanderprallen, sich aus der Bahn werfen, deren Schnüre sich verknoten und wieder lösen.

I

Wenige Tage nach Kriegsausbruch stand ich an der Tür meines Hauses, es war früher Abend, ich kam gerade zurück vom Supermarkt. Der Zivilschutz hatte empfohlen, sich auf Versorgungsengpässe vorzubereiten, so stand es im Nachrichtenportal, womit das Startsignal für landesweite Hamsterkäufe gegeben wurde, die ich zum ersten Mal in meinem Leben nicht nur gesehen, sondern an denen ich auch teilgenommen hatte. Berge von Toilettenpapier, Mineralwasserflaschen, Batterien (wofür denn bitte?), Fischkonserven, Pasta und Reis flogen in meinen Kofferraum, danach habe ich eine beträchtliche Summe Bargeld abgehoben, den Tank des Autos gefüllt und bin nach Hause gefahren. Nun stand ich also an der Türschwelle, nachdem ich meine Beute ins Haus getragen und in den Luftschutzraum gebracht hatte (wo sie bis heute steht). Mein Handy summte, ich schaute auf den Bildschirm, eine Textnachricht mit Bild: schwarzer Rahmen, weißer Hintergrund, von dem mich, in großen Druckbuchstaben, mein Nachname ansprang, daneben ein mir unbekannter Vorname; und ein Datum: »7. Oktober«. Eine Todesanzeige. Darunter die Nachricht eines entfernten Bekannten aus Deutschland, der gut Hebräisch kann: »Ein Verwandter von Dir? Falls ja, das tut mir so leid.« Ich starrte lange auf das Handy, auf meinen eigenen Namen, spürte, wie mir das Blut ins Hirn schoss, drückte dann auf die Aufnahmefunktion und spuckte einen minutenlangen, eskalierenden Redefluss ins Gerät. Als ich ihn gerade abschicken wollte, kam J. durch die Tür, schmiegte sich an mein Bein und lachte laut über einen Witz, den N. ihm erzählt hatte. Ich löschte die Nachricht und schrieb knapp: »Nein, und mach sowas nie wieder, hörst du?«

II

»Papa?«

»Ja, O.?«

»Du hast mal gesagt, ich kann zu dir kommen, falls ich Fragen habe, zum Krieg.«

»Klar, klar, komm her. Hast du was gehört?« Ich lege das Buch weg und richte mich auf. O. setzt sich zu mir aufs Sofa, klemmt einen Fuß unter ihr Knie, nimmt einen Bleistift in die Hand, befummelt ihn ein wenig, klopft damit auf ihren Schenkel. »Ich dachte mir, also, man hört von den Terroristen, dass sie so kommen, ja?«

»Hierher kommen sie aber nicht, das weißt du schon«, sage ich viel zu schnell und widerspreche allen Erziehungsratschlägen, die mich täglich übers Handy erreichen.

»Ja, ja, klar, weiß ich.« Sie streicht sich eine Haarsträhne hinters Ohr, bleibt still, senkt den Kopf.

»Also, sagen wir, sie kommen«, höre ich mich selber sagen, um ihren Redefluss nochmal anzuregen.

»Ja, also sagen wir, es kommt einer«, nimmt sie ihren neuen, pubertär-sachlichen Ton wieder auf, »ich dachte: Ich mache ihm Komplimente zu seinen Klamotten, zur Frisur, um ihn abzulenken. Verwickle ihn also in ein Gespräch.«

(Wovon ablenken?) »Okay, das klingt nach einer guten Idee erstmal.« Ich presse meine Lippen zusammen, meine Augenbrauen steigen in die Stirn.

»Ja, und dann habe ich gehört, sie gehen manchmal zu Frauen, aber wenn sie sehen, diese Frauen sind Mütter, dann sind sie netter zu ihnen, ja?«

»Wo hast du das gehört, O.?« (Wieder – falsche Frage.)

»Jemand in der Schule hat es erzählt. Jedenfalls dachte ich, wenn ich sehe, ein Terrorist geht zu einer Frau, ja? Dann gehe ich zu ihr rüber und sage ihr, ich sage zu ihr, ›hallo Mama‹, dann denkt der Terrorist, sie ist meine Mutter, und ist netter zu ihr, ja?«

III

»Walla, ich habe heute an dich gedacht, ich dachte, ich soll Ofer anrufen«, sagt M. mit ihrer Stimme, die irgendwie immer im Stimmbruch zu sein scheint, in die Freisprechanlage ihres Autos. »Was ist das alles furchtbar, nicht?«

Ich habe M. vor Jahren für einen Radiobeitrag interviewt, ihr schallendes Lachen klingt mir noch in den Ohren, als ich beim Versuch, sie vorzustellen, ins Stottern kam. Zum Glück war es keine Live-Aufnahme. Ich drückte nochmal auf »Record« und bat sie, sich selbst vorzustellen. »Hör mal, Ofer, das ist ganz einfach: Ich bin Palästinenserin, Israelin, Aktivistin. Einfach.« Wir haben uns seitdem oft auf Demonstrationen getroffen, immer wieder habe ich sie auch interviewt und wusste dann endlich, wie man sie vorstellt – sie hat mir ja das Stottern abtrainiert.

»Ich weiß nicht, mit wem ich reden soll, alle sind verrückt geworden. Ich fahre zur Arbeit, fahre nach Hause, rede nur mit meinem Mann. Er sagt auch, alle sind verrückt, verrückt.«

Ich erzähle ihr von unseren Briefen, Sasha, und dass ich sonst kaum etwas anderes schreibe. Dann frage ich sie nach ihrer Familie. »Weißt du, meine Tochter, sie hat mir am 8. Oktober gesagt, Mama, ich gehe arbeiten, was soll das.« M.s Tochter ist Anfang zwanzig, sie will Geld sparen, fürs Studium, für eine Weltreise, für irgendwas. Das Geschäft, in dem sie arbeitet, liegt in einer jüdischen Gegend. »Ich sagte ihr, bist du dir sicher, vielleicht wartest du ein paar Tage, es ist gerade alles so angespannt.« »›Walla Mama‹, so sagte sie mir, ›walla Mama, wenn ich nicht arbeiten gehe, was sagt es über mich? Ich gehe, es wird schon.‹« Dann fügt M. hinzu: »Ich hasse diesen allisraelischen Satz: Es wird schon«, und lacht, und während sie lacht, wiederholt sie, dass alles furchtbar sei. Kurz darauf verabschieden wir uns, sie verspricht mir, mich zu besuchen. Danach schreibe ich ihr eine Nachricht: Es tat so gut, mit dir zu sprechen, sie schreibt mir: Ebenso.

IV

Es ist Freitag, ich stehe in der Küche und knete den Teig, während ich über Kopfhörer Mozarts *Requiem in d-Moll* höre. Musik hilft, schreibt eine Freundin aus Berlin, und du, Sasha, schreibst, dass du am Sonntag auf eine Demo gegen die AfD gehst. Ich habe Mozarts *Requiem* nie gespielt, wie denn auch, es sind darin ja keine Hörner besetzt.

Es war, glaube ich, das erste von mir verinnerlichte Stück, bei dem ich festgestellt habe (ich meine mich genau an den Moment der Feststellung, an das körperliche Gefühl dabei zu erinnern): Ich werde da nie mitspielen können, für immer ein Zaungast bleiben. Ich kann alle Stimmen mitsingen, gleichwertig, ohne dabei zu denken, wie sie im Verhältnis zum Horn stehen, denn das Horn (also ich) gehört gar nicht dazu.

Ich knete weiter, die Ankündigungen zur Demo am Pariser Platz sprießen inzwischen aus allen Seiten und Posts meiner Berliner Freund*innen, und ich denke, man könnte die Dauer des Krieges auch auf einer AfD-Zeitskala messen, also zwischen den Landtagswahlen in Bayern und Hessen (ein Tag nach Kriegsausbruch) und dem geheimen Potsdamer Abschiebungsgipfel. Und dann denke ich daran, dass, jedes Mal wenn ich »AfD« höre, es mir automatisch ins Ohr springt: Es sind die drei Töne des f-Moll, von oben nach unten gespielt. A-F-D. Eine schöne Tonleiter übrigens, f-Moll, Tschaikowskys vierte Sinfonie ist in f-Moll, Nancy Sinatras Lied *Bang-bang* (das habe ich für dich ausgesucht, Sasha) oder eben das Requiem von Wolfgang Amadeus Mozart, wo das Horn, also ich, nicht besetzt ist.

V

Zum hundertsten Tag seit Kriegsausbruch riefen die Familien der Geiseln zu einer 24-stündigen Mahnwache in Tel Aviv auf. Auch hier im Ort, wie an vielen anderen Orten, wurde eine Mahnwache organisiert. Ich war lange nicht mehr auf einer solchen Mahnwache. In den ersten Wochen des Krieges habe ich einige jüdisch-arabische Solidaritätstreffen besucht, aber je länger sich der Krieg hinzog, desto schwieriger wurde es für mich, auf Mahnwachen oder Demonstrationen zu gehen. Die dabei skandierten Slogans verkrallen sich in meinem Hals, machen mich wund. Und überhaupt, jedes beiläufige Gespräch wird zum Gedenken, jeder Gang auf die Straße zur Mahnwache. Mit den gelben Streifen, die überall um Bäume gebunden sind, die von den Seitenspiegeln der Autos flattern, mit den Bildern der Geiseln an jeder Ecke, mit dem Slogan »GEMEINSAM GEWINNEN« am Eingang zum Supermarkt und auf der elektronischen Anzeige der Mautstraße und in der Werbung für die Bank im Ortszentrum. Und sowieso: Die korrupte Regierung, die zynische Welt, die Bilder des 7. Oktober, die Bilder des zerstörten Gaza, das Erdbeben unter den Füßen, wo anfangen, Sasha. Selbst beim Schreiben dieser Briefe an dich frage ich mich: Schreibe ich *für* eine Zukunft oder *an* eine Zukunft, also um Hoffnung zu wecken oder um Zeugnis abzulegen. Oder, wie Thomas Brasch schreibt, schlichtweg um zu überleben.

Vielleicht sind es deine letzten Briefe, vielleicht das Wissen darum, dass du in Berlin ebenfalls gerade auf eine Demonstration gehst – diesmal zog es mich jedenfalls auf die Mahnwache, die an der Kreuzung der Schnellstraße, die den Ort durchquert, organisiert wurde. Als ich dort eintraf, trat ein älterer Mann auf mich zu und hielt mir mit grimmiger Entschlossenheit einen Stapel von Plakaten entgegen, mit den Bildern und Namen der Geiseln darauf. Ich suchte nach Tal Shoham, von dem ich dir geschrieben habe (ich musste nicht auf seinen Namen schauen, ich erkenne ihn an seinem schmalen Gesicht, dem kurzen Bart, der hohen Stirn, dem schüchternen Lächeln), und stellte mich an den Rand der losen Menschengruppe. Ich stand einfach da, hielt Tals Bild vor mir, zeigte es den vorbeifahrenden Autos, einige Fahrer*innen hupten, vielleicht aus Solidarität. A., eine jüdisch-israelische Aktivistin, trat auf mich zu, begrüßte mich mit müden, blutunterlaufenen Augen. »Du bekommst meine Einladungen, ja?«, sagte sie in einem Ton, der immer so wirkt, als ob wir unser Gespräch gerade erst unterbrochen hätten, dabei habe ich sie seit zwei Monaten nicht gesehen. Sie hielt ein Schild in die Höhe, auf dem der Aufruf stand: »Geiselaustausch jetzt!« Fast hatte ich das Gefühl, wir versteckten uns hinter unseren Schildern, um sprechen zu können. Ich stotterte eine Entschuldigung, sagte, dies hier sei die erste Mahnwache, auf die ich seit Wochen gehe. Und dass ich Angst um die Zukunft habe. Dann lobte ich sie für ihren unermüdlichen Einsatz. »Ach was«, gab sie zurück und hielt ihr Schild etwas höher. »Ich habe schon einen Tag nach dem 7. Oktober begriffen, ich muss was tun, sonst werde ich wahnsinnig.« Dann erzählte sie mir, ihre Familie komme aus einer der Ortschaften, die von der Hamas fast komplett verwüstet wurden, die ersten jüdisch-arabischen Solidaritätsveranstaltungen organisierte sie noch zwischen Beerdigungen und Shivas. Dann fluchte sie auf die Regierung. »Ja, wir müssen kämpfen«, sagte sie.

»Denn sonst?«

»Denn sonst.«

Sasha an Ofer — 21. Januar 2024

Schau, Ofer, schau: Die ersten Briefe an dich habe ich noch im Liegen geschrieben. Das Grauen hatte mich an den Gliedern gepackt, ich konnte kaum denken. Ich igelte mich ein, bat meine Frau, mich in einen Karton zu legen, mich mit Laub zu bedecken und erst im Frühling wieder zu wecken. Und jetzt gehen du und ich auf Mahnwachen und Demonstrationen. Weißt du, was das heißt? Wir stehen. Voller Trauer und Wut, aber wir sind auf den Beinen. Drei Monate Shiva, und jetzt gehen wir raus. Wir treten die Welt wieder an. Deine Worte.

Ich ging vorsichtig zum Pariser Platz, aber nicht weil ich unschlüssig war, ob ich zu der Demo gegen die AfD wollte, sondern weil das Eis den Bürgersteig mit einer dicken Schicht überzogen hatte. Die Leute in den Straßen fielen nach rechts und links um, rappelten sich auf, spannten die Glieder an, fielen wieder, fielen weiter. Eine Choreografie der Stehaufpüppchen im grauen Januarlicht. Ich schlitterte an einem Spielplatz vorbei, auf dem sich ein Kind gerade über einen liegenden Baum beugte (ich vermutete einen großen Weihnachtsbaum, der dorthin geschafft und nicht abgeräumt worden war). Der Stamm und die Äste waren zum Teil unter Schnee begraben, ein eigenartiges Gebilde, in das das Kind seinen Kopf steckte. Es sah aus wie ein Kitz, das nach etwas Essbarem sucht und dabei in Rage gerät (weil es etwas riecht?). Ich dachte, dieses Kitz weidet ein anderes Wesen aus. Ich war mir sicher, wenn es jetzt den Kopf hebt, wird sein Gesicht blutverschmiert sein. Das Kind aß Schnee, sein ganzer Körper bebte. Ich ging weiter.

Ich schaffte es gerade noch rechtzeitig auf den Pariser Platz, bevor er wegen Überfüllung abgeriegelt wurde. In den nächsten Tagen gab es Demonstrationen im ganzen Land. In Hamburg musste die Gegen-rechts-Veranstaltung abgebrochen werden, weil die Straßen für die 130 000 Menschen zu eng wurden und die Demonstrierenden in die Alster zu fallen drohten.

Ich demonstriere mit, wann immer ich kann, ich gehe auf Mahnwachen, ich stimme in die Sprechchöre ein. Aber in Gedanken bin ich immer auch bei den Tagen und Wochen nach dem 7. Oktober. Ein Teil von mir schreit Parolen gegen Faschisten, und der andere flüstert weiter die Namen der immer noch verschleppten Geiseln. Nennt die Zahl der Toten in Gaza. Das ist unsere Gleichzeit.

Ich habe viele solcher Pendel, wie du sie in deinem letzten Brief beschreibst, im Kopf. Ein ganzes Knäuel, eine Spinnwebe. Ein Pendel schlägt mir immer wieder gegen die Innenseite der Schläfen: diese Nacht, in der die Dramatisierung meines Romans an einem Berliner Theater Premiere hatte und die Bodenoffensive in Gaza begann. Ich wollte damals überhaupt nicht in die Vorstellung gehen. Glückwünsche und Toi-toi-toi-Zurufe erreichten mich seit dem Morgen. Einem engen Freund, der mich fragte, wie es mir geht, schrieb ich: »Ehrlich gesagt, bin ich taub vor Trauer und Schmerz, mir ist die Premiere heute Abend egal.« Und er antwortete (selbst ein Theatermensch wie ich): »Wären unsere Künste nur für Friedenszeiten gut, dann wären sie wahrscheinlich komplett überflüssig. Deine Premiere ist nicht egal. Ich umarme dich und spucke dir dreimal über die Schulter.«

Ich fauchte, aber ging hin. Die Vorstellung war schön, es gab Applaus, Umarmungen. Meiner Bitte, auf die Premierenfeier zu verzichten, war das Theater ohne Widerworte nachgekommen. Die Kantine dröhnte trotzdem vom Menschengeschnatter, das tat gut. Ich stand gerade an der Bar und holte mir einen Wodka, als ich deine Nachricht las: »Sie gehen jetzt rein, Sasha. Die Bodenoffensive hat begonnen.« Ich lief ins Foyer, kauerte mich neben das Kassenhäuschen und rief dich an. Weißt du noch, was wir sagten? Ich nicht. Ich weiß nur, dass wir beide stotterten. Aber wir redeten. Ich schaute auf die Leuchtbuchstaben über dem Kassenhäuschen. Da stand: »Im Menschen muss alles herrlich sein«. Das hatte ich mal auf den Umschlag meines Romans geschrieben – als Forderung, als Warnung und weil ich – ehrlich gesagt – die Ironie mochte. Jetzt fragte ich mich, was mache ich hier? Ja, mein Theatermensch-Freund hat Recht, Kunst ist nicht nur für Friedenszeiten gemacht, aber was soll sie in Zeiten des Krieges? Vielleicht soll sie nichts. Sie ist einfach da. Sie fließt wie Blut. Und wenn dieser Blutstrom unterbrochen wird oder stockt, dann wird der betroffene Teil der Welt taub, und irgendwann verfällt er der Nekrose.

»Lähmt Gewalt wie der Blick der Medusa jene, die sie erfahren?«, fragt Carolin Emcke in ihrem Essay *Weil es sagbar ist*. Ich weiß nicht, wie oft ich diesen Band in den letzten Wochen in der Hand hatte. Ich denke an diese Medusa jeden Tag, ich sehe die Schlangen, wie sie sich um ihre marmorne Stirn und ihr Kinn winden. Ich blicke ihr nicht in die Augen (versuche es). Vielleicht ist Kunst ein Spiegel, in den man schaut, um nicht direkt in die Fratze der Gorgone zu blicken und dann darüber selbst zu Marmor zu werden.

Stell dir vor – es wird Menschen geben, die es schaffen, den Rollstuhl zu beschreiben, der in einem verwüsteten Kibbuz allein zurückblieb. Die Asche unter seinen Rädern auf dem Boden, das abgenutzte Leder der Armlehnen, den durchgewetzten Sitz. Die Holzsplitter am Rahmen der aufgebrochenen Tür. Es wird Menschen geben, die den Geruch der Pinienbäume beschreiben in diesem Garten im Norden von Gaza. Auf dem Foto, das ich davon sah (aufgenommen nur ein paar Tage vor der Bodenoffensive), blühte der Hibiskus, ich erinnere Zypressen. Ein wunderschöner, gepflegter Garten, mit Spazierwegen und einer Bank. Der Himmel darüber wie ausgelaufene Tinte.

Du fragtest mich am Ende des Telefonats, wo ich sei. Ich antwortete wahrheitsgemäß: »Im Foyer des Maxim Gorki Theaters. Ich sitze neben dem Kassenhäuschen auf dem Boden.« Ich weiß noch, dass du sagtest: »Sasha, steh auf.« Diesen Satz höre ich oft. Er klingelt in meinen Ohren wie ein Mantra. Das Pendel schwingt von einer Schläfe zur anderen. Bing! Sasha, steh auf. Bing! Und es geht weiter.

Mich begleiten deine Briefe durch die Tage. Mich begleitet so viel, was du sagst. Als du schriebst, dass du nicht weißt, ob du *für* eine Zukunft schreibst oder *an* eine Zukunft, fiel mir etwas ein, was du zu mir irgendwann zwischen den Jahren sagtest. Ich glaube, es ist das perfekte Bild für uns: Wir reparieren Radios auf der Titanic.

Also schau, Ofer, schau:

Wir tragen beide – nicht ganz berufsgerecht – blaue, mit Öl beschmierte Overalls, aus den ausgebeulten Außentaschen an den Hosenbeinen schauen Schraubenzieher und -schlüssel heraus. Wir gehen aber nicht in den Maschinenraum. Wir schrauben nicht an der Herzmechanik des Frachters. Wir gehen von einer Kajüte zur nächsten, klopfen an, inspizieren das Problem, holen das feine Werkzeug heraus und löten. Schauen den Funken beim Sprühen zu.

»Sasha, du und ich reparieren Radios auf der Titanic.« Das hast du gesagt.

Das tun wir.

Wir drehen an den Reglern. Wir empfangen Signale.

Nachwort

Schreiben heißt, zu handeln

Ein *Nachwort* impliziert ein *Danach,* das zu diesem Zeitpunkt nicht gegeben ist. Wir schreiben diese Zeilen inmitten der Ereignisse. Der 7. Oktober vergeht nicht, seine zerstörerische Wucht dauert an und hält uns in einer Gegenwart des Schreckens fest. Die Gräber sind noch frisch. Die Geiseln sind noch nicht befreit. Gaza und seine Bevölkerung sind einer grauenerregenden Zerstörung preisgegeben. Das allgegenwärtige Leid bestimmt unseren Alltag. Die Trauerarbeit kann noch nicht beginnen. Aber wir schreiben. Wir versuchen, die Augen offen zu halten und nicht zu versteinern. In der Flut der politischen Analysen, der Meinungsbekundungen und Positionierungen haben wir uns entschlossen, uns dem zu widmen, was Literatur kann: von der Unmittelbarkeit des Erlebens zu erzählen.

In den ersten Kriegswochen berichtete ich, Ofer Waldman, für deutsche Medien über den israelischen Alltag, während ich, Sasha Marianna Salzmann, an Treffen mit Kolleg*innen und Politiker*innen teilnahm und mir einen Begriff von den Auswirkungen des Krieges zu machen versuchte. Doch je mehr Details des 7. Oktober bekannt wurden, je weiter der antisemitische Hass in Europa zunahm und der Krieg in Gaza sich ausweitete, desto umfassender ging uns die Fähigkeit verloren, ein kohärentes Bild herzustellen, eine weitere Perspektive zu fassen, auf eine folgerichtige Erzählung der sich entladenden Gewalt zu kommen. Die Worte sind uns im Hals stecken geblieben.

Für mich, Ofer Waldman, der ich jahrelang für verschiedene zivilgesellschaftliche Menschen- und Bürgerrechtsorganisationen tätig war, fühlte sich diese allmählich zunehmende Sprachlosigkeit an wie ein Versagen. Wie ein Verlust der Fähigkeit, in der Welt tätig zu sein, auf sie einzuwirken und sich dadurch als ein Teil von ihr zu begreifen.

Ich, Sasha Salzmann, gab die Vorstellung auf, dass irgendetwas, das ich schreibe, sage oder tue, der Situation auch noch rudimentär gerecht werden könnte. Die Briefe an Ofer Waldman waren das Einzige, was mir überhaupt sagbar schien. Möglicherweise, weil sie keinerlei Anspruch auf Vollständigkeit erheben, weil sie keine Behauptung in den Raum stellen, weil sie nichts anderes wollen, als einem Freund das eigene Erleben einer erschütterten Welt zu veranschaulichen.

Es begann mit einer Nachricht. Am 7. Oktober 2023 schrieb Sasha Salzmann an Ofer Waldman: »Wenn es auch nur wenig hilft, wir teilen den Schock, gebt ein bisschen davon ab, verteilt ihn auf mehrere Schultern, damit ihr nicht alles tragen müsst. Wir sind in Gedanken bei euch.« In den Tagen darauf schickten wir uns Nachrichten, Zurufe, Briefe, die wenig später, auf Einladung der Klassik Stiftung Weimar, wöchentlich als Blog veröffentlicht wurden, der wiederum den Kern des vorliegenden Buches bildet.

Gewalterfahrungen katapultieren Menschen aus der Welt. Das hier ist der Versuch, sich wieder in die Welt zurückzuschreiben. Sich die Welt wieder zusammenzuschreiben, Stück für Stück. Und sich die für immer entstandenen Risse zu vergegenwärtigen. Dafür braucht es ein Gegenüber. Dafür braucht es Sprache. Und dafür braucht es Freundschaft, denn erst an der Freundschaft erweist sich die Menschlichkeit – so steht es bei Hannah Arendt, deren Worte uns in den letzten Wochen immer wieder in den Sinn kamen. »Wie sehr wir von den Dingen der Welt betroffen sein mögen, wie tief sie uns anregen und erregen mögen, menschlich werden sie für uns erst, wenn wir sie mit unseresgleichen besprechen können«, heißt es in ihrer Dankesrede anlässlich der Verleihung des Lessing-Preises 1959. Aber längst nicht für alles haben wir Worte. Während wir einander unseren Alltag in Szenen, Geräuschen, Gerüchen, in Filmzitaten und in Musik erzählen konnten, rangen wir damit, dass wir kaum Bilder hatten für das, was in Gaza geschieht.

Die Entscheidung, die vorliegenden Texte als Buch zu veröffentlichen – nur wenige Monate nach dem 7. Oktober –, entstand aus dem Wunsch heraus, die eigenen Erfahrungen mit den Erfahrungen anderer zu verbinden. Schreiben heißt, zu handeln. Literatur schreibt an der Welt mit, ist ein essentieller Teil der Erzählung vom Menschsein. Wir hoffen auf eine Vielstimmigkeit der Berichte über diese finstere, gewalttätige, hoffnungsarme Zeit, auf unterschiedliche Perspektiven, die sich zu einem umfassenderen Panorama fügen. Wir selbst sehen nur einen kleinen Ausschnitt, und davon wollen wir ein Zeitzeugnis ablegen.

Wenige Tage nach Kriegsausbruch wurde ich, Ofer Waldman, von einem deutschen Radiosender gebeten, eine kurze Reportage über meinen Wohnort in Israel zu produzieren. Ich begann mit einem Besuch im Verteilungszentrum für Evakuierte aus den zerstörten Kibbuzim, dann sprach ich mit zwei Aktivist*innen der israelischen Protestbewegung gegen die Regierung Netanjahu und beendete die Reportage mit einem Interview der Klassenlehrerin meiner ältesten Tochter. Es fand in einem Bunkerkomplex statt. Ein Zimmer weiter spielten Kinder, am Himmel war das Dröhnen von Kampfjets zu hören. Das Ohr suchte nach dem Klang des Luftalarms. »Was erzählen die Kinder?«, fragte ich die Lehrerin im Beitrag. »Sie erzählen von den Gedanken, die nachts kommen. Von Todesangst.« »Und was fragen sie?« Die Lehrerin blieb kurz stumm – im Hintergrund Kinderstimmen und Kampfjetlärm –, dann sagte sie: »Sie fragen danach, ob die Kinder in Gaza auch Angst haben, ob sie sich unbeschützt fühlen.«

In unserem Schreiben, mit unseren jeweiligen Projekten waren wir immer in permanenter Verhandlung mit unserer Außenwelt. Wir waren stets der Arbeit an einer gemeinsamen Welt verpflichtet. Die Forderungen – und gleichzeitig das Versprechen – des universalistischen Humanismus waren immer der Kern dessen, was wir taten. Aber der 7. Oktober beschädigte unsere Fähigkeit, diesem Versprechen zu trauen, wir konnten die Welt nicht mehr als Ganzes begreifen: die entfesselte Gewalt gegen jüdisches Leben, das Schicksal der Geiseln, die drohende Kriegsausweitung im Nahen Osten, die vielerorts stattfindende Relativierung und Verleugnung des Massakers der Hamas. Gleichzeitig stehen wir fassungslos vor der Zerstörung Gazas, der Vernichtung zahlloser Existenzen, vor dem Leid, dem Hunger, der humanitären Katastrophe. Wir schauen in die Gesichter von Freund*innen und Kolleg*innen, lesen darin den Schrecken, und jedes Wort scheint ungenügend. Fehl am Platz. Aber wir wissen auch: Der Kampf um eine gemeinsame Welt – trotz all der zivilisatorischen Brüche, die unsere Gegenwart prägen – ist ohne Alternative.

Um die Beschädigung des universalistischen Versprechens zu überwinden, bedarf es einer Verortung in der Welt. Wir hielten uns an den Worten des anderen fest, um uns aufzurichten. In der Korrespondenz bekamen wir, Satz für Satz, wieder ein Gefühl für das Außen. Ein ungenügender, aber immerhin ein erster Schritt.

Mit der Veröffentlichung dieses Buches heben wir den Blick. Die Lichtverhältnisse schmerzen. Noch müssen sich unsere Augen daran gewöhnen.

Unser Blog auf der Seite der Klassik Stiftung Weimar endet mit den folgenden Sätzen:

»Ich kann dich sehen, Ofer.«

»Du schreibst mich in die Welt zurück, Sasha.«

Möglichweise waren dies die essentiellen Erfahrungen, das Einzige, was wir wirklich über diese Zeit, unsere Gleichzeit, verstanden haben:

Wir alle müssen einander in Gänze sehen.

Und – Schreiben kann uns in die Welt zurückbringen. Sie wird dadurch nicht heil, aber vielleicht wieder bewohnbar werden.

Berlin & Kirjat Tivon, 14.2.2024
Sasha Marianna Salzmann & Ofer Waldman

Dank

Gleichzeit ist innerhalb von drei Monaten entstanden: eine kurze, verdichtete Zeit. Dass aus unserer Korrespondenz ein Buch werden konnte, verdanken wir zuallererst unserer Lektorin Doris Plöschberger. Sie begleitete die vorliegenden Texte von allem Anfang an und bot uns damit einen Schutzraum für unser Erzählen.

Wir danken Carolin Emcke für die Zeit und den intensiven Austausch.

Außerdem danken wir:

unserem Verlag, der sich kurzfristig und entschlossen hinter das Buchprojekt gestellt hat

unseren Agentinnen Rebekka Göpfert und Karin Graf

der Klassik Stiftung Weimar für die Einladung, einen Blog zu schreiben, aus dem das vorliegende Buch entstand

dem Museumsquartier Wien und dem Bundesministerium für europäische und internationale Angelegenheiten für ein Aufenthaltsstipendium

Jörg Plath vom Deutschlandfunk Kultur

unserem Freund*innenalphabet: Anastasiia, Anat, Banu, Carolin, Christian, Doron, Emre, Felix, Frédéric, Gidi, Gilad, Hana, Hetty, Ilona, Itay, Katja, Maisam, Marie,

Mely, Miriam, Naaman, Nadine, Necati, Rebecca, Sabine, Sharon, Shelly, Tal, Tobias, Yevgenia, Yuriy

Zvika und Irit Letzter

Gili, Ori, Naama und Jonathan sowie Nitsa und Duni Waldman

Nadja Salzmann, Daniil Pinkenzon, D. P.

Zitatnachweise

S. 7 – Polina Barskova: *Lebende Bilder*. Aus dem Russischen von Olga Radetzkaja, Suhrkamp Verlag, Berlin 2020, S. 11.
S. 7 – Thomas Brasch: »Neben Mord strahlen Reime«, in: *Die Zeit*, 9.11.1979. Zu finden unter: https://www.zeit.de/1979/46/neben-mord-strahlen-reime
S. 32f. – Hair (Musical): *Easy to be hard*
Musik: Galt MacDermot
Text: James Rado, Gerome Ragni
© EMI Music Publishing
S. 51 – Jehuda Amichai: »Gott voller Erbarmen«, in: Ders.: *Offen Verschlossen Offen. Gedichte*. Aus dem Hebräischen von Anne Birkenhauer, Suhrkamp Verlag, Berlin 2020, S. 17.
S. 78 – Hanoch Levin: *Shachmat/Chess*
Musik: Alex Kagan
Text: Hanoch Levin, hier aus dem Hebräischen von Ofer Waldman
Zu finden unter: https://www.hebrewsongs.com/?song=shachmat
S. 78 – Adrienne Cooper: *Sholem Lid. Volt Ikh Gehat Koyekh*
Musik & Text: Adrienne Cooper
S. 84 – Thomas Brasch: Tagebucheintrag vom 12.3.1973, in: Ders.: »Aus den Tagebüchern 1972-74«. Mit einer Vorbemerkung von Martina Hanf, in: *Sinn und Form* 64, 2 (2012), S. 162f.
S. 97 – Esther Kinsky: *Gedankenspiele über die Hoffnung*. Literaturverlag Droschl, Graz/Wien 2023, S. 6 und S. 22.
S. 105, 108f. – Etel Adnan: *Zeit*. Aus dem Englischen von Klaudia Ruschkowski, Edition Nautilus, Hamburg 2021, S. 21 und S. 15.
S. 115 – Hannah Arendt: »Gedanken zu Lessing. Von der Menschlichkeit in finsteren Zeiten«, in: Dies.: *Menschen in finsteren Zeiten*. Herausgegeben von Ursula Ludz, Piper Verlag, München 2019, S. 37.